한 권으로 끝내는

자존감
브랜딩 기술

Self-esteem
Branding Technology

한 권으로 끝내는 자존감 브랜딩 기술

초판인쇄	2020년 09월 18일
초판발행	2020년 09월 25일
지은이	정재현
발행인	조현수
펴낸곳	도서출판 더로드
마케팅	최관호
IT 마케팅	조용재 백소영
교정교열	남은화
디자인 디렉터	오종국 Design CREO
ADD	경기도 고양시 일산동구 백석2동 1301-2
	넥스빌오피스텔 704호
전화	031-925-5366~7
팩스	031-925-5368
이메일	provence70@naver.com
등록번호	제2015-000135호
등록	2015년 06월 18일
ISBN	979-11-6338-108-2-03810

정가 15,000원

한 권으로 끝내는
자존감
브랜딩 기술

정재현 지음

ⓡ 도서 **더 로드**
The Road Books

"더 이상 사람들과의 관계로 인해 피곤하게 살지 말자고"

〈당신은 어떤 동물인가요?〉

나는 강아지였다. 사람 냄새가 나고 소리만 들려도 반가워서 하던 일을 멈추고 달리는. 그리곤 손을 핥고 머리를 쓰다듬어 달라며 요리조리 눈 마주치고 꼬리 흔들기 바쁜. 하지만 아쉽게도 나의 강아지 모습은 그렇지 않았다. 소심하고 적잖이 눈치 보며 때로는 위축되어 있는, 같은 강아지라도 나는 눈에 잘 띄지 않는 강아지였다. 학창 시절을 떠올리면 같은 반 친구들은 꽤나 다양한 동물성을 지니고 있었다. 무던한 곰 같은데 돌아보면 여우 같은 친구, 알맹이는 자그마하면서 커다랗고 화려한 날개로 덩치를 키우는 공작 같은 친구, 목표가 생기면 진취적이고 도전적으로 달려드는 하지만 의리 하나는 최고이던 사나운 사자 같은 친구. 정말이지 친구들은 하나도 똑같지 않았고 제각기 타인의 기억에 남는 본인만의 모습을 강력하게 지니고 있었다. 어릴 적 나는 그들과 상반되는 나의 동물성을 아쉬워했고 그들의 모습을 부러워했다. 그렇게 눈에 띄지 않는 강아지 어린 시절은 타인의 시선에 지배받으며 지나갔다.

초등학교 2학년 나의 생일파티. 엄마가 만들어준 노래방 자리에서는 주인공인 나의 생일파티임에도 불구하고 부끄러움에 낑낑대며 숨었다. 좋아하는 노래를 예약해 놓고도 마이크를 잡지 못해서 나는 부르지 못했고 친구들의 노래에 박수만 쳐댄 모습이 얼마나 스스로 안쓰러웠는지 모른다. 사실 나는 노래 부르는 것도 춤추는 것도 정말 좋아하는 아이였는데.

어떤 날에는 버스를 타고 집으로 향하는 중 하차 벨을 누르면 소리를 듣고 모두가 날 쳐다볼까 부끄러워 누군가가 눌러주길 속으로 간절히 바랐다. 행여나 아무도 누르지 않을 때면 한두 정거장을 지나쳐 내려 걸어가기도 했다. 소심한 성격이 변할 때도 되었는데 강아지 정재현의 낑낑거림은 계속되었다. 낯선 사람이 오면 무서워서 낑낑대는 강아지처럼 나 역시 사람에 대한 두려움으로 벌벌 떨었다.

혹시 학창 시절 '전학'을 해 본 이들은 어떤 기억으로 저 단어가 남아 있는가. '전학'은 소심한 나에게는 모든 환경이 통째로 바뀐다는 무서운 통보였다. 조금이나마 적응할 때쯤이면 익숙한 환경이 변해버리는 현실이 정말 두려웠다. 그런데 한 번도 엄청난 부담으로 다가오는 이 통보를 나는 무려 다섯 번이나 받았다. 아마도 사람들에게서 꼭꼭 숨게 되는 시점이었던 것 같다. 요즘 말로 '아싸'의 길 문턱에 서게 된 것이다. 그러던 중 한 명의 친구를 만났다. 그 친구는 내가 바라는 곰이나 여우 또는 공작이나 사자가 아니었다. 말 그대로 특색이 있는 친구가 아니라 나와 같은 강아지의 모습을 띤 친구였다. 오히려 발을 헛디디고 물에 빠졌다 나와 추워서 벌벌 떨고 있는, 나보다 더 '안쓰러운 강아지'의 모습이었다.

강아지 같은 그의 모습을 보자니 나의 모습을 보는 것 같았다. 친구에게 동질감을 느껴서인지 다가가고 싶어 손을 내밀었지만 친구는 그런 나를 두려워했다. 다가가면 뒷걸음질치고 낑낑대는 친구를 보며 그간 나의 모습이 겹쳐 보여서일까. 그때 사람들에게 다가갈 용기가 생겼다. 그리고 함께 나아가자고 말했지만 준비가 된 나와 달리 강아지 친구는 아직도 떨고 있었다. 그를 대신해서 그토록 두려워하던 '사람'과 먼저 부대끼기 시작했다. 내가 뛰는 모습을 보고 같이 뛰기를 바라면서, 계속 혼자 뛰었다. 뛰다 보니 사람과의 관계 속에서 나도 모르게 두려움이 사라져 있었다. 다시 강아지 친구에게 다가가 나의 변화를 말하며 손을 내밀었을 때 강아지 친구는 기어코 나의 손을 잡았다. 그렇게 우리는 어느 순간 같은 트랙을 달렸다.

두 마리의 강아지는 여전히 함께 달리고 있다. 그때와 달라진 점이 있다면 나와 친구의 동물성이 뚜렷해졌고 우리의 강아지 모습이 달라졌다. 예를 들면 상대방이 우리를 봤을 때 '강아지'를 떠올린다. 그것도 사람에게 사랑받고 사람을 너무 사랑해서 꼬리를 흔들 줄도 아는 사랑스러운 강아지를. 예전의 위축된 물에 빠진 강아지와는 상반되는 강아지로 다시 태어난 것이다.

'브랜딩'이란 바로 이것이다. 상대방이 나를 떠올릴 때 그려지는 이미지 그것으로 나를 다시 브랜드화하는 것이다. 당신은 어떤 브랜드가 되고 싶나? 내가 곰이나 여우 또는 공작이나 사자가 아닌 강아지가 되고 싶었던 것처럼 당신만의 이미지를 만들어라. 그리고 당신을 떠올리면 그 이미지가 어울릴 수 있도록 행동하고 스스로를 가꾸어라.

성인이 된 우리는 많은 사람들 속에서 일하며 살아간다. 그렇게 사람을 무서워했던 우리가 고객과 마주하는 직원으로, 대인관계를 컨설팅해 주는 전문가로 성장했다. 이전의 우리의 모습을 아는 주변 사람들은 마냥 신기하게 바라본다.

우리가 자주 하는 착각 중 하나는 우여곡절이 있는 삶을 살아가거나 막연하게 환경 변화가 일어나야 내가 성장할 수 있고 그것만이 동기부여가 되어 '나의 성장'에 큰 영향을 준다고 생각하는 것이다. 그래서 딱히 큰 변화가 없는 평범하고 지극히 무던한 삶을 보내는 이들은 자신의 성장을 가두는 실수를 범하기도 한다. 하지만 변화를 늘 거듭했던 나 그리고 똑같은 환경 속에 머물러 있던 친구, 둘 모두가 성장한 것처럼 어쩌면 환경보다는 성장을 대하는 마음가짐이나 행동이 제일 중요한 것이 아닐까.

〈더 이상 피곤하게 살지 말자〉

SNS 속에서 보던 트렌드에 맞는 인테리어 그리고 먹음직스러운 음료와 예쁜 케이크 한 조각을 시켜둔 채 카페에서 하하 호호 웃으며 누군가의 흉을 본다. 제멋대로 행동하는 이기적인 직장동료부터 뼈 때리는 상처를 준 친구, 옆 테이블에 앉아있는 처음 보는 사람까지. 심지어 가족에 대해서도 말한다. 커피 향에 취해 안줏거리처럼 여기저기 들쑤시며 얘기하고 있는 이들을 보고 있자면 우리가 무의식중에 사람과의 관계 속에서 엄청난 스트레스를 받는다는 것을 알 수 있다. 물론 때로는 흉을 볼 수도 있고 상대를 위해 맞장구칠 수도 있다. 대상자에게 손실을 입히거나 명예를 떨어뜨리지 않으며 거짓이 아닌 한도에 한해서 '똑똑하게' 말이다. 단지, 정신건강을 위해 믿음직한 사람에게 위로받기를 바라는 마음으로 가끔씩, 적당히 말하고 풀어나가는 정도가 나쁘지 않다는 것이다. 매번 사람 관계에서 나 혼자만의 진심으로 당하고 있을 수는 없으니.

우리는 제자리에서 멈추지 않고 한층 업그레이드된 자신의 모습을 이상적으로 바라본다. 그렇다면 사람 관계에 대한 스트레스를 해소해 나가는 모습도 점차 변해야 하지 않을까. 언제까지나 과도한 흉이나 욕으로 풀 수만은 없다. 게다가 다른 사람에 대해 신나게 욕을 하고 돌아왔을 때 나도 모르는 괜한 찜찜함이 느껴질 때가 있다. 분위기에 너무 심취한 나머지 오버했거나 딱히 가깝지도 않은 상대에 대한 욕을 했을 때 그렇다. 이러한 대화는 스트레스가 풀리기보다 오히려 자신의 품위가 떨어지게 될 뿐이며 대화 후에 몸과 마음이 피곤하기만 하다.

옛날이면 결혼을 하고 여자는 조신하게 집에서 가족이나 이웃 정도만 한정적으로 만나며 폐쇄적인 인간관계를 도모했을 것이고, 남자는 워라밸(일과 삶의 균형 Work-life balance)이 지켜지지 않던 시대에 바깥일에 치여 업무 관계에 놓여있는 똑같은 사람들만 반복해서 만나는 정체된 인간관계를 이어나갔을 것이다. 지금의 우리 모습은 어떤가. 남녀 또는 나이에 상관없이 경제활동을 하고 우리 스스로가 워라밸을 추구하다 보니 여유시간이 생겨난다. 그래서 이전과는 달리 우리가 원한기만 한다면 더 많은 사람들과 뒤섞여 시간을 보낸다.

다른 예로 퇴근 후, 자기 계발을 위해 가입한 독서모임으로 향했다. 그곳에서 여러 명의 사람들과 책을 읽은 소감을 나누고 집으로 가는 길 반찬가게에 들러 장조림을 샀다. 이 가게 사장님은 나와 대화 코드가 잘 맞아 갈 때마다 수다 떨게 된다. 집 앞 현관문에 택배가 도착했다는 쪽지를 보고 경비실에 들렀고 경비 아저씨께 인사를 건네며 잠시 안부를 나눈다. 다시 집으로 들어왔는데 끝이 아니다. 이제는 친구들과 오늘 하루 중 세상 심각했던 이야기나 시시콜콜한 사적인 여담을 전화 통화로 주고받기 시작한다. 어떤가. 평범한 하루 일과를 묘사했는데도 우리는 사람의 목소리로 하루를 시작하고 목소리로 하루를 마무리한다는 것을 바로 알 수 있다. 이처럼 사람들과 부대끼며 살아가는 현대사회에서 '사람'이라는 존재만으로도 스트레스를 받는다면 하루하루가 괴로움과 고통을 오고 가지 않을까. 게다가 스트레스를 풀기 위해 다시 카페로 나가 뒷담화를 시작하고 실컷 욕하고서는 이유 모를 찝찝함에 몸과 마음의 피곤함을 또 느낀다. 그야말로 뫼비우스의 띠에서 놀아나는 꼴이다.

이 책은 사람과 사람 사이, 관계의 기술에 대해 다양한 방법으로 나열해 놓았다. 사람들을 대하기 어려워하고 사람 관계에서 길을 헤매던 나의 이야기를 토대로 담은 것이다. 스트레스 받지 않으며 서로 간의 따뜻한 온도를 끌어올리는 방법을 찾고 싶어 매년 365일 중 단 며칠만을 제외하고 사람들과 어울리며 시간 보냈다. 그 결과 셀 수 없을 정도로 많은 사람을 만났으며 사람들에게 있어 자리매김하는 방법을 배웠다. 지금도 변함없이 나의 스케줄은 사람들로 꽉꽉 차 있다. 누구는 나를 최고로 대단하다며 호평하고 또 다른 누구는 여유 없이 빡빡하게 산다며 내려놓길 권장한다. 그때마다 나의 대답은 똑같다. 지금의 나는 매일같이 사람을 만나면서 스트레스를 풀고 있는 중이라고. 즉, 내 옆에 있는 다양한 사람들과의 만남과 대화가 나의 스트레스 해소 방법이란 것이다. 아마도 글을 읽는 당신은 '사람을 대하는 것이 스트레스 해소 방법이라니' 나의 말을 의아해할 수 있다. 하지만 이 책을 읽은 후의 당신은 대인관계를 대하는 마음가짐이 바뀌며 나를 충분히 이해하게 될 것이다.

당신에게 꼭 말하고 싶다. 더 이상 사람들과의 관계로 인해 피곤하게 살지 말자고. 우리가 대인관계를 조금 더 쉽게 그리고 편안하게 생각하기를 바라는 마음에 도움이 되고자 실제 사례, 노하우를 숨김 없이 담았다. 어차피 사람과 사람은 때려야 뗄 수 없는 사이로 관계 맺고 살아가는데, 이러한 환경에서 스트레스를 받는 것이 아니라 오히려 풀 수 있다니 이 얼마나 좋은가. 사람 관계가 스트레스로 다가와 피곤함을 만들지 않고 당신의 삶의 엔도르핀이 되고 즐거움을 느끼게 해 준다면 그야말로 당신은 현대사회에서 축복받은 사람이 되는 것이다. 이 책이 당신의 수많은 관계 속에서 좋은 징검다리로 남기를 바란다.

2020년 9월

저자 **정재현**

"과연 어떠한 변화가 그녀의 라이프를 이토록
멋있게 변화시켰는지 궁금했다"

정재현 작가를 떠올리면 액티브하고 활기차며 슬퍼하거나 샤이 하지 않는 학생으로 기억한다. 그 성격에 맞게 직장을 다니고 명함이 3개가 되었으면 좋겠다는 희망을 실현하기 위해 작가로 자신의 속살을 드러내는 책을 발표한다. 축하드리고 독자의 엄중한 평가를 받아 더욱 성장하는 계기가 되길 바란다. 이 책을 후배와 제자는 물론 자식들에게도 권하여 정재현의 삶에 동참시키고 싶다.

경남대학교 행정대학원장 김지환

정재현 작가는 15년 전, 아들의 친한 친구로 우리 가족과 인연을 맺었다. 그후 나는 아들과 딸 두 남매의 여행에도 꼭 그녀가 함께하길 추천했다. 그만큼 그녀에 대한 신뢰나 정이 두터웠다. 그녀의 가치가 모여 '자존감 브랜딩 기술'을 만든것같다. 이제는 우리 회사의 이미지를 책임지는 직원들에게 이 책을 추천하고 각자의 브랜딩을 성공하길 희망하려 한다.

한스콤정보통신(주) 대표이사 노진호

부끄러움이 많고 숫기가 없어 또래 친구들과 제대로 눈도 못 마주치던 꼬마가 자신만의 계기를 통해 똑 부러지게 말을 하고 친구를 여럿 만들어나가기 시작했다. 그러던 중 벌써 사람을 마주하는 업 9년 차에 접어들며 대인관계를 원활하게 만드는 스피치 강사가 되었다. 정재현 작가의 인생을 통틀어 바라봐온 사람으로서 과연 어떠한 변화가 그녀의 라이프를 이토록 멋있게 변화시켰는지 궁금했다. 그리고 그녀만의 노하우가 낱낱이 담긴 이 책을 통해 정답을 찾았다.

엔이 인터내셔널(주) 대표이사 김도훈

살아가는 동안 브랜딩 기술은 끊임없이 요구된다. 10대 20대 30대 우리가 천국의 문을 열고 들어가는 순간까지 순간순간의 자존감을 잘 데리고 살아가야 하므로 우리는 자존감 브랜딩이라는 기술을 놓치지 않아야 한다. 당신의 자존감 브랜딩 기술은 걱정하지 않아도 된다. 정재현 작가가 이 책에 쉽고 빠른 길을 제시해놓았기 때문이다.

플랫폼 교육 컨설팅 트윙클 컴퍼니 원장, 내 몸값 올리는 말하기 기술 저자 박비주

Contents | **차례**

내 주변에는 어떤 말이든 예쁜 단어와 표현으로 내뱉는 이가 있다. 그에게 어떻게 하면 말을 예쁘게 할 수 있는지 물어보았다. 그러자 그는 "사람들이 제게 해 주었으면 하는 말을 먼저 해 주려고 노력해요. 그럼 그들도 저에게 예쁜 말을 해 주지 않을까 해서요." 현명하고 지혜로운 생각이었다.

Self-esteem Branding Technology

PART
01

브랜딩 없이
사랑받는 사람 없다

01

대인관계를 이끄는
이들의 대답

〈인복이 좋았어요〉

우리는 사회인으로서 많은 사람과 만나 다양한 유형의 관계를 맺으며 살아간다. 일생에 나와 스쳐 지나가거나, 인연으로 연결되는 이들, 친구, 연인 등 관계로 이어지는 이들은 이루 셀 수 없을 정도이다. 따라서 우연히 만난 이들을 어떻게 대할 것인지, 또 자신이 그들에게 어떤 사람으로 남을 것인지에 대해 많은 고민을 하게 된다. 간혹 상처와 트라우마로 남는 나쁜 기억들도 있고 운명, '소울메이트'라는 말로 내내 기억되며 깊은 관계로 이어지는 이들도 있다. 사람은 홀로 살아갈 수 없기에 자연스레 여러 관계를 맺어야 하고, 그렇게 이루어진 관계는 나아가 삶의 방향까지 영향을 준다. 그만큼 우리는 좋은 이들과 함께하고자 하는 관계의 지향성이 생기게 된다. 자신을 수용해 주고, 격려해 주고, 신념이나 철학이 통하는 사람, 혹은 그들의 삶의 양상을 받아들이거나, 위로를 건네거나, 이끌어 주고자 하는 여러 사람과의 관계를 위해 우린 새로운 사람을 끊임없이 만난다. 또한, 기존에 맺어진 관계 또한 어떻게 유지할 것인지 고민한다.

우리 주변엔 분명 많은 사람에게 사랑받는 이들이 존재한다. 누군가는 이렇게 사랑받는 사람들과 친근한 관계가 되길 바라고 또 누군가는 자신이 주위 사람들에게 사랑받는 사람이 되고자 한다.

당신은 처음 본 사람이나 주위 사람들에게 어떤 말을 가장 듣고 싶은가? '사랑을 많이 받고 자란 것처럼 보여', '인복이 많은 사람이야.', '주변에 사람들이 항상 바글바글 하구나', '일 처리를 굉장히 잘해', '이처럼 성실한 사람은 처음 봤어.' 문구와 상관없이 좋은 평가를 받는 사람이 되고 싶을 것이다. 사람들은 좋든 나쁘든 주위 자신이 맺은 관계를 판단하고, 사람을 평가하며 살아간다. 우리도 예외는 아니다. 시도 때도 없이 사람을 판단하고 의견을 나누고 평가하며, 어떤 이를 평생의 '내 사람 리스트'에 담아야 할지 고민하고 결정한다. 당신이 '내 사람 리스트'에 꼽은 이가 똑같이 당신을 그들의 '내 사람 리스트'에 꼽아 준다면 얼마나 기쁠까?

내가 좋아하는 이가 나를, 나를 좋아하는 이를 내가 좋아하는 것은 하늘이 내려 준 기적이며 하늘이 이어 준 인연이라는 말이 있다. 그만큼 사람은 서로에게 마음을 내어 주면서 상호작용하는 관계를 만들어 나가는 것은 참 힘든 일이다. 개인주의가 더욱 박차를 가해 가는 현대 사회에서는 더욱이 서로 사랑하고 사랑받는 관계를 만들어 나가는 일들이 어려워지고 있다. 그렇다면 우리는 앞으로 어떤 사람과 함께 하며, 그들에게 어떤 사람으로 남고 싶은지 생각해 보자. 반대로 당신은 어떤 사람의 곁에 남고 싶은가? 당신의 곁에 두고 싶은 사람의 모습이 당신에게도 있는가?

지금 당신과 당신의 주변을 살펴보자. 분명히 정확한 이유는 말할 수 없지만 예뻐 보이고, 사랑받는 사람들이 몇몇 떠오를 것이다. 그들은 어떻게 많은 사람에게 사랑받고 그들의 '내 사람 리스트'에 들어섰을까? 하물며 좋은 관계까지 이어나가는 그들은 대인관계에서 마치 신의 경지에 오른 것 같다. 정녕 우리가 모르는 그들만의 리그가 있는 것일까? 어떤 특별함이 있는 것일까? 이들은 박수갈채를 받게 되는 순간 하나같이 대중들 앞에서 감사의 인사를 이렇게 전한다.

"여러분 덕분이에요. 인복이 좋았고 운이 좋았어요."라고.

잠을 줄이고, 밥 먹을 시간도 아껴가며 최선을 다해 노력해 왔음에도 정작 본인의 공을 주위 사람들과 천운에 돌리곤 한다. 자신의 특별함이 가져온 결과라는 것이 아니라 자신을 포함한 많은 사람의 노력으로 가능했다는 말이다. 이들은 익을수록 고개를 숙이는 벼의 겸손을 닮았다. 또한, 다른 이들도 자신처럼 될 수 있다는 힘과 동기를 실어주는 에너지를 전달한다. 대중은 성공을 이룬 뒤에도 잘난 체하지 않는 그 모습에 더욱 빠져들 수밖에 없게 된다. 어떤 인터뷰에서도 자신의 성공을 자신의 능력으로 인한 결과라고 말하지 않고 다른 이들과의 협력 또는 운으로 공을 돌린다. 이런 이들을 사랑하지 않을 수가 있을까.

이들이 사랑받을 수 있는 이유는 사실 이렇게 들여다보면 명확해진다. 이유 없이 사랑받는 것처럼 보이던 이들에겐 사실 확실한 이유가 숨어있다. 이 말은 곧 나도, 당신도 지금껏 동경해 왔던 이들처럼 될 수 있다는 의미이다. 진정한 관계에 목마름을 느끼던 이들에겐 희소식이다. 대인관계를 결정짓는 해결책이 있다는 것만으로 벌써 변화하고 싶은 의지가 생길 것이다.

우리는 사람들에게 사랑받는 사람을 부러워한다. 그 사랑받는 사람들을 보자면 아무런 이유가 없는 듯한데 그럴 때면 신비로움까지 느껴진다. 이유가 있는 사람들이야 우리가 똑같이 따라 하면 될 것이라고 생각하지만, 그게 아닌 경우는 괜히 시기하고 질투가 나기도 한다. 그들은 도대체 어떤 비법을 가지고 있을까?

사실 사랑을 받는 방법은 우리도 어렴풋이 알고는 있다. 이유 없이 사랑받는 그들과 별반 다를 것 없이 말이다. 그러나 그들과 차이는 분명 있다. 자신만이 가지는 확실한 기준점이다. 사랑받는 사람들은 설정된 자신만의 기준점으로 행동하고 대화한다.

　사랑받지 못하는 우리도 사랑받는 행동을 하려는 것이 아니라 그 명확한 기준점만 알고 행동하면 정말 이유 없이 사랑받는 사람이 될 수 있다. 당장에 그 기준점을 찾기란 어렵다. 그러나 겁먹지 말자. 이 책에는 다양한 나의 실제 사례와 행동 지침이 가득 찰 것이니. 부끄럽거나 자신의 행동을 돌아보며 민망할 수 있다. 하지만 당신만의 브랜딩 기술을 끝낸 당신은 누구에게나 이유 없이 사랑받는 사람으로 다시 태어날 것이다.

　'인복'은 타고나는 것이 아니라 만들어지는 것이라고 한다. 어느 정도 타고난 인복도 그 관계를 어떻게 대하느냐에 따라 달라질 수 있다. 게다가 인복을 타고나지 못했다고 해도 어떻게 관계에 진중한 태도를 보이느냐에 따라 깊은 관계로 이어질 수 있는 무궁무진한 잠재력을 가지고 있다. 마음속에 자신은 사랑받기 충분한 자격이 있다는 문장을 되새기자. 우리는 사랑받을 분명한 이유가 있는 사람들이다.

02

'인싸' 들의 인사

〈인사부터 다르다〉

'인싸' 란 각종 행사나 모임에 적극적으로 참여하면서 사람들과 잘 어울려 지내거나 무리를 이끄는 관계의 중심에 선 사람을 일컫는 말이다. 요즘엔 SNS의 발달과 각종 애플리케이션의 개발로 같은 관심사를 가진 이들과 쉽게 모일 수 있다. 오직 몇 번의 클릭만으로도 가능하다. 애플리케이션 다운로드, 가입하고자 하는 모임의 형태, 나의 신상정보 대게 이 정도만 체크하면 나와 어울리는 수십 가지의 모임 리스트가 1분도 지나지 않아 쫙 나온다. 게다가 모임이 진행될 수 있는 공간 또한 굉장히 활성화되어 있다.

사람들과 어울릴 수 있는 상황을 대놓고 만들어 주는 세상. 이제 우리가 그 세상 속에서 살아가고 있다는 것을 인지하고 받아들여야 한다. 그렇다면 지금 당신에게 필요한 것은 무엇일까? 익숙하지 않은 환경 속에서 낯선 사람들과 새로운 대화를 시작할 줄 아는 당신만의 '인사'가 될 것이다. 첫 단추를 잘 끼워야 한다고 우리는 배웠다. 당신을 나타내는 인사 한마디로 당신은 그 자리에서 인싸가 될 수도, 영영 기억되지 못하는 아싸가 될 수도 있다. 스피치 동호회를 운영하면서 여러 사람들을 만나다 보면 다들 지향하는 바가 다르긴 하다.

예를 들어 사람들 앞에서 영향력 있는 사람이 되고자 하는 이가 있나 하면 또 다른 이는 주목받는 것이 싫어 자발적인 아싸가 되기를 원한다. 그렇게 추구하는 바가 다른 사람들이 왜 같이 스피치 동호회를 가입하였을까? 사실은 인싸든 아싸든 내가 커버할 수 있는 범위가 다를 뿐이지 사람들에게서 영향력을 가지고 싶은 건 매한가지기 때문이다.

거미줄처럼 복잡한 여러 공동체에서 인싸의 영향력은 실로 대단하다. SNS의 인싸의 한마디에 어느 특정 상품은 완판 신화를 이루거나 유행하는 패션을 만들거나, 새로운 상품이 세상에 생겨나는 일들이 비일비재하다. 인싸들의 영향력이 커지면서 평범한 이들도 '인싸'가 되기 위해 노력한다. 인스타그램을 이용하는 이들은 '팔로워'나 '좋아요' 수를 대행업체에 의뢰해 구매하기도 하고, 여러 홍보 수

단을 이용해 자신을 알리고, 인싸 반열에 오르기 위해 노력한다. 하지만 우리가 원하는 인싸는 단순히 '좋아요' 수를 많이 받거나 팔로워가 많아서 나만의 패션을 세상에 흩뿌리고 싶거나 상품을 판매하고자 함이 아니다. 자신이 가진 대인관계 속에서 진정한 주인공으로 자리매김하는 것이 우리의 목표이자 지향점이다.

나는 인싸라고 불릴 만한 팔로우나 '좋아요' 수를 받는 사람은 절대 아니지만 언젠가부터 대인관계의 중심에 서 있다고 자부할 수 있게 되었다. 소위 말하는 지인 사이에서의 인싸가 되었고, 친구들은 나를 인플루언서라며 치켜세워 주곤 했다. 이렇게 나를 지칭하는 말들이 부담되기도 하고 부끄러웠지만, 이왕 인정을 받았으니 더욱 좋은 관계를 만드는 사람이 되면 어떨까 생각이 들었다. 인싸라고 인정받는 이들의 인싸가 되는 방법을 연구하고, 자료를 모으며 나는 아주 단순한 인싸들의 인사 방법을 찾아낼 수 있었다.

먼저 인싸들은 인사부터 색다르다. 나를 기억해 달라며 사인을 주듯 상대방에게 첫인상을 톡톡히 심어준다. 면접의 트렌드만 따라가 보아도 충분히 알 수 있다. 설마 아직까지 성장과정에 '저는 성실한 아버지와 현명한 어머니 그리고 제 말을 잘 듣지 않지만 귀여운 동생과 저 이렇게 단란한 4식구의 가정에서 자랐습니다.' 라고 시작하는 사람은 없겠지. 요즘은 나를 얼마나 더 임팩트 있게 알리냐가 대세이다. 그래서 우리는 온갖 비유며 묘사며 모든 것을 총동원해서 나를 나타낸다. 우리가 이 책을 통해서 결국에 끌어내고자 하는 건 '브랜딩' 이지 않나. 그렇다면 사람들 속에서 브랜딩을 하기 위해 제일 먼저 시작해야 하는 것은 바로 인사다. 그만큼 인사의 중요성은 매번 강조해도 부족하다. 상대에게 나를 각인시킬 수 있도록 하라. 프롤로그에서 잠시 운을 뗀 것처럼 나는 사람을 좋아하는 강아지가 기억나도록 동물성을 이어나갈 것이고 나아가 스피치컨설팅을 이어나가기 위해서 톡톨(Talk-Tall : 당신의 토크를 톨하게 키워준다) 선생님으로 브랜딩 할 것이다. 당신도 나처럼 자신의 성격과 성향 이미지와 연관시켜 떠오를 수 있을 법한 브랜딩을 하기 바란다. 물론 그러기 위해서는 상대에게 당신을 소개할 때 브랜드화하여 소개할 것을 잊지 말아야 한다.

인사의 스킬을 알았다면 다음은 인사를 하는 자세이다. 인사를 하는 상대를 보고 제일 먼저 느낄 수 있는 것은 '외모나 차림새' 그리고 '목소리' 다. 그리고 그다음이 행동이다. 첫인상을 판가름하는 방법에는 시각 55%와 45%의 청각이 있는데 어느 것이 더 먼저냐는 질문에 저자는 상황에 따라 다르다고 말한다. 인사말을 아직 건네지 않은 이를 판가름하기 위해서는 시각이 동원될 것이고 가령 내 시야에서는 벗어나 있지만 그의 소리가 들린다면 청각이 우선순위가 될 것이다. 그래서 어느 하나 고르기보다는 둘 다 중요하다 말하고 싶다.

한 가지 예로 대학에서 맛있는 학식을 먹고 강의실에 들어가면 노곤노곤해서 늘 잠이 달라붙던 고통스러운 오후 2시 수업이 있었다. 발표 수업인데도 불구하고 졸기 좋던 시간. 그날도 어김없이 무거운 머리를 결국 들지 못하고 책상과 맞닿기 직전까지 왔다. 그런데 내 귀를 기울이게 만드는 목소리에 고개를 들어본 적이 있다. 또 다른 예는 100명이나 모인 강의실이나 회의실에서 하필 제일 멀리 앉았는데 그날 안경을 깜빡하여 앞에서 열변하는 사람의 얼굴을 자세히 볼 수가 없었다. 그런데 식당에서 우연히 들리는 소리에 옆을 돌아보니 그때 그 사람이 있는 것이 아닌가! 사실 얼굴은 희미하게만 남아있었다. 정말이지 그는 목소리만으로 나를 휘어잡았던 것이다.

이날 이후로 인싸들의 '인사'를 유심히 지켜보게 되었다. 그들은 하나같이 그들만의 스킬과 자세를 가지고 있다. 자신을 브랜드화할 수 있는 이미지 형상화에 성공했다면 시각과 청각 어떤 감각을 이용해서든 당신이 누구인지를 알려라. 목소리에는 힘을 가득 실은 채 말이다. 아무리 말을 못해도 이미지가 떠오르면 당신이 어렴풋이 떠오른다. 그리고 외모나 차림새가 당신의 고유한 이미지와 어울릴 때 당신은 기억에 남는다. 끝으로 목소리가 크고 힘이 있다면 당신을 잊는 사람은 없다. 안 되겠으면 "아 그때 우렁찼던 그 친구!"라는 말을 듣는 사람으로라도 자리매김해 보자. 무슨 말을 열심히 하고는 있는데 들리지가 않고 집중이 되지 않으면서 "누구?"라는 말 한마디로 끝내 기억되지 못하는 것보다 훨씬 낫다. 신기한 일이다. 말을 잘한 것도 아닌데 목소리가 커서 기억에 남는다니. 들리지 않는 말을 억지로 줄줄 나열하기보다는 굵고 짧게 잘 말하는 것이 중요하다.

만약, 당신을 나타내는 색다른 인사와 깔끔한 외관, 끝으로 힘 있고 큰 목소리까지 가진 당신이 사람들 앞에서 인사를 한다. 누가 당신을 기억하지 못할까? 다 기억하지!

03

그들이 사랑받는
확실한 이유

〈생각의 벽을 허물어라〉

이제 우리는 좀 더 솔직해져야 한다. 사실 나와 당신 모두 알고 있다. 어떤 행동을 하는 이들에게 호감이 생기고, 어떤 말을 하는 이들을 비호감이라 칭하는지. 이렇게 간단한 사실을 무시한 채 우리는 그들이 가진 훌륭한 인맥과 좋은 대인관계 능력을 '인복', '타고난 능력'으로 치부하며 자신과는 동떨어져 있는 것들이라고 말하고 안주한다.

우리가 그들처럼 하지 않는 이유는 다른 데 있는 것이 아니다. 괜히 내가 아첨하는 이처럼 보일까 걱정되고, 가식적인 사람으로 보이진 않을까 두려운 것이다. 이와 같은 고민을 해본 적이 있다면 여기서 당신이 꼭 허물어야 할 두 가지 '생각의 벽'이 있다. 대인관계를 이루어나가면서 이 두 가지 벽을 허물지 못한다면 우리는 내내 관계에서 어떤 마음을 가져야 하는지 딜레마에서 벗어나지 못하게 된다.

첫째, 표현해야 상대가 알 수 있다. 좋은 관계는 상대의 비위를 맞춰주는 행동과 말에서 나오지 않는다. "줄을 잘 서야 한다.", "윗사람에게 잘해야 좋은 관계를 맺을 수 있고 좋은 성과를 낼 수가 있다."라는 말을 많이 하곤 한다. 사회생활이라고 포장하여 일컫게 되는 이 표현들은 상당히 부정적인 시각에서 바라보아진다. 하지만 이렇게 눈살을 찌푸리며 가식적인 말을 내뱉는 이들을 향해 부정적인 시각을 갖게 되는 것은 그들이 진심으로 하는 말이 아니라는 것을 모두들 알기 때문이다. 진심으로 누군가에게 존경을 표하거나, 공감을 하거나, 감사의 인사를 전하는 이들에겐 가식적이라는 말을 하지 않는다. 하지만 자신의 목적과 이익을 위해서 말을 꺼내는 가식적인 이들에게는 자동적으로 자신의 인간관계에 들어오지 않기를 바라는 것이다.

우리는 이제 표현에 진심을 담아야 한다. 사랑받기 전에 자신을 사랑하는 사람이어야 한다. 가식적인 것은 진심과는 정반대의 행동 양식이다. 자신의 마음을 무시한 채 존경하지 않는 이에게 존경을 표해야 하며, 기분이 상하면서도 좋은 말을 건넨다. 자신의 감정을 철저히 배제한 채 관계에 임하기 때문에 그 관계는 깊어질 수 없다. 자신의 목적이나 이익을 얻고 난 뒤라면 그 관계의 가치는 먼지만도 못하게 바뀐다. 따라서 표현에는 진심을 담아 전해야 한다. 가식이 아닌 진심을 담은 표현은 상대에게 가식적이라는 느낌을 주지 않는다. 감사를 표하면 더 큰 감사가 돌아오고 상호 존중하는 관계로 이어진다. 표현에 진심을 담기 위해서는 소리를 잘 내어야 한다. "고맙다.", "미안하다.", "멋지다.", "예쁘다.", "존경한다.", "훌륭하다." 등 윗사람, 아랫사람 구분하지 않고 인사로 마음속 감정을 표현으로 티내는 것이다. "말하지 않아도 알아요~"라는 CM송과는 다르게 사람들은 표현하지 않으면 서로의 마음을 알지 못한다. 게다가 우리나라 사람들은 감정을 표현하는 데에 굉장히 어색해 한다. 자신은 예쁜 말을 듣고 싶으면서 남에게는 인색하다니 어불성설이기도 하다. 자신이 듣고 싶은 말은 다른 이들도 듣길 원하는 말들이다.

내 주변에는 어떤 말이든 예쁜 단어와 표현으로 내뱉는 이가 있다. 그에게 어떻게 하면 말을 예쁘게 할 수 있는지 물어보았다. 그러자 그는 "사람들이 제게 해 주었으면 하는 말을 먼저 해 주려고 노력해요. 그럼 그들도 저에게 예쁜 말을 해 주지 않을까 해서요." 현명하고 지혜로운 생각이었다. 사람들에게 예쁜 말을 하며 자신의 좋은 이미지를 남기고, 상대방 또한 예쁜 말을 사용할 수 있도록 이끌어 좋은 대인관계를 이끌어 나가는 방법이었다. 이렇게 간단하게 몇 마디의 말로도 대인관계를 완전히 바꿀 수 있는데 우린 왜 그렇게 딱딱하게 구는 걸까? 생각해 보면 간단하게 할 수 있는 인사였는데 하지 못하고 아니, 하지 않고 넘어간 경우가 분명히 있다. 앞서 말한 생각의 벽 때문이다. 이 벽을 허물지 않고, 상대에게 표현하지 않는다면 여러분의 관계는 크게 변화할 수 없을 것이다.

대화해 보지 않았던 이들과 단 한 번의 우연한 만남으로 속 이야기를 꺼내고 서로의 진심을 알게 되고 공감하고 격려하며 둘도 없는 친구가 되어 본 적이 있는가? 십여 년간 알고 지내온 친구보다 더 깊은 관계로 이어져 우리의 일상을 차지해 나가는 이들이 있다. 그저 그런 관계와 깊은 관계는 표현에서부터 길을 달리한다. 이제 처음으로 돌아가 다시 생각하자. 표현에 진심을 담아 상대에게 건네자. 나의 진심을 알아주는 상대를 만났다면 여러분은 그 사람과 둘도 없는 관계를 맺게 될 것이다.

둘째, 관계의 중심엔 항상 자기 자신이 있다는 것이다. 우린 때론 자신을 스스로 들러리 취급을 한다. 상대를 존중하는 데 집중한 나머지 자신의 감정과 이익을 철저히 배제하여 휘둘린다는 느낌을 받는다. 혹은 상대가 나를 능숙하게 다룬다는 기분이 들 때도 있다. 수동적으로 휘둘리는 데 감정이 상하기도 하고 관계에서 벗어나고 싶다는 생각도 든다. 하지만 생각처럼 쉬운 일은 아니다. 관계에서 자신을 들러리로 여기는 이들에게는 몇 가지 특징이 있다.

- 상대의 감정을 자신의 감정보다 더욱 중요하게 생각한다.
- 상대방을 동경하거나 우러러본다.
- 함께 하는 동안 에너지를 빼앗기는 기분이 든다.
- 관계를 끊어내고 싶지만, 자신에게는 그럴 자격이 없다고 여긴다.

자신이 관계의 중심에 있다는 사실을 인지하지 못하는 데에서 기인하는 것이다. 어떤 대인관계도 나 자신이 아닌 상대가 중심에 있다고 생각하는 순간 모든 감정의 주인은 내가 아닌 상대가 된다. 일을 할 때도, 함께 여행을 갈 때도 나 자신의 관심과 흥미, 기호는 우선순위에서 밀리게 된다. 반대로 자신을 너무나 강조한 나머지 모든 관계에서도 주인공이 되고자 애쓰면 이기주의로 보이기도 한다. 따라서 우리가 중요하게 여겨야 하는 것은 관계의 중심에는 자신이 있음을 잊지 않고 상대와 나를 분리하는 것이다.

좋은 관계는 모든 상대에게 자신을 맞출 때 생겨나는 것이 아니다. 가장 좋은 대인관계는 관계 속의 개인이 스스로 온전하면서도 함께 했을 때 더욱 시너지 효과를 얻어내는 관계다. 이를테면 여행의 스타일이 액티비티 위주의 스타일, 휴식 위주의 여행 스타일로

극명히 다른 두 사람이 만나 서로의 여행 스타일을 강요하지 않고 각자가 여행지의 즐거움을 즐기는 것과 같다고 할 수 있다. 자신이 온전하면서 상대를 존중하는 것이 우리가 지향해야 할 관계의 모습이다.

관계의 중심에
선 사람들

〈빛나고 싶다면 불을 지펴라〉

다음 A, B 두 유형의 사람을 살펴보자.

A는 회사에서 동료 직원을 위해 시간과 정성을 쏟는다. 집안 행사보다 사회 모임을 중요하게 생각하고 본인의 여가생활을 제대로 보내지도 못한 채 그 시간에 동료들을 챙기기 바쁘다. 본인의 건강보다 남의 건강을 더 신경 써 영양제를 받기는커녕 대신 선물하기 바쁘고, 상대의 입맛을 고려해 정작 자신이 피해야 하는 음식인데도 불구하고 점심 메뉴로 선택한다.

B는 제 몫에 주어진 일을 다 하기 위해 일을 할 때는 확실하게 일에만 집중한다. 업무가 끝난 후에는 온전히 자신의 시간에 집중한

다. 시간을 '금' 같이 생각하고 크고 작은 온갖 모임에 따라다니기보다 앞으로의 본인을 위해 배우고, 나머지 시간엔 휴식을 취하거나 제 사람들을 챙긴다.

A는 그가 속해있는 모임 속에서 바라보기에는 참 좋은 사람이다. 반대로 B는 직장 내에서는 그리 좋은 사람은 아니라고 여겨질 수 있다. 그렇다고 A가 마냥 좋은 관계를 갖고 있다거나 B가 좋은 관계를 갖지 못한다고 말할 수는 없다. A는 모임에서는 좋은 사람이지만 사실은 가정을 돌보지 않는 무심한 구성원이라고 평가된다. B는 오히려 지인들의 모임에서 제 사람을 잘 챙기는 진국으로 평가된다. 대인관계에서 빛나는 사람들은 상대에게 무조건 헌신하고, 잘 보이기 위해 노력하지 않는다. 자신이 내어 줄 수 있는 시간과 노력과 마음만을 건넨다. 따라서 상대도 그 마음이 부담스럽지가 않다. 게다가 진심만을 내보이기 때문에 진정성 있는 관계를 충분히 만들 수 있다.

큰 노력을 들이지 않아도 특별히 빛나 보이는 사람이 있다. 그들은 누군가에게 특별한 노력을 하기보다는 자신의 사람을 특별히 대한다. 특별하게 대하는 것은 값비싼 선물을 하거나 모든 상황에 배려를 하는 것이 아니라 작더라도 진심 어린 말을 건네고, 상대방의 의견을 존중해 상대가 온전할 수 있도록 배려한다. 무조건 대신하는 것이 아니라 상대의 의견을 묻고, 그 의견을 존중하는 것이다. 이들은 딱히 중요한 역할을 맡은 사람이 아니더라도, 유별난 행동을 하지 않더라도, 남들과는 다른 독특함이 없더라도 내내 빛나는 사람으로 기억된다. 감기에 걸린 당신에게 음료를 건네는 두 사람이 있다고 생각해 보자.

뜨거운 차를 내밀며 "감기니까 뜨거운 차를 마셔."라는 사람과 "감기 기운이 있어 보이는데 뜨거운 차를 마시는 건 어때?"라고 묻는 사람이 있다.

두 사람 모두 상대를 배려하는 사람이지만 전자는 자신의 판단으로 상대의 의견을 묻지 않고 지시하고 있다. 상대에게 자신이 가진 관심과 배려를 표현하고자 적극적으로 어필하는 하는 모습은 좋다. 하지만 돌아오는 반응은 호불호가 갈릴 수 있다. 반면 후자는 자신의 판단과 더불어 상대의 의견을 한 번 더 물어보며 상대의 기호를 존중해 준다. 감기 기운이 있더라도 뜨거운 차를 좋아하지 않는 이에게 무조건 자신이 옳다고 생각하는 것을 권하며 강요하지 않는다.

소위 '일 다 하고도 욕먹는다.' 라는 말을 들어본 적이 있는가. 시키지도 않은 일을 먼저 해서 오히려 오해를 사거나 좋지 않은 말을 들을 때도 있다. 무엇이든 대신해 주는 것이 아니라 정말 원하는 것이 무엇인지 마음을 들여다보는 세심함이 상대를 감동시키느냐를 좌우하는 것이다.

<없던 센스도 일깨우는 기록>

선천적으로 '끼'를 타고나듯 '센스'도 타고난 사람들이 있다. 센스란 '어떤 현상에 대한 판단력과 분별력'이라고 국어사전에 명시되어 있다. 쉽게 얘기해서 대인관계를 대하는 하나의 감각이라 생각하면 된다. 날 때부터 이 센스를 타고난 아이들은 어린이집이나 유치원, 학원, 학교에서부터 관계를 맺어가는 모습이 남다르다. 친구가 되는 초기 관계부터 다른 친구들보다 조금 더 빠르게 관계를 맺고 원만한 관계를 유지해 나간다. 하지만 이렇게 특출난 아이들이 많을까? 천진난만하게 아무것도 모르는 아이들이 많을까? 당연히 타고난 아이가 축복받음이 분명하고 그렇지 않은 아이들이 대부분인 것이 맞다. 그렇다면 '센스'는 후천적으로 배워나간다는 것이 더 맞는 말이겠다.

우리는 엄마 품에서 나간 그 순간부터는 배움이 시작되고 경우의 수로 나열하지도 못할 정도로 얽혀있는 사람과 사람의 관계를 경험하며 순식간에 변하는 상황에 따라 대처 방법을 만들어나갈 것이다. 그리고 좋은 결과를 일으킨 대처 방법과 안 좋은 결과를 일으켰던 방법을 분석하여 기억한다. 나만의 '센스 데이터'를 만드는 것이다. 그리고 데이터를 바탕으로 비슷한 상황이 생기면 기억 속에 좋은 반응을 일으켰던 행동을 재생시켜라. 우리는 경험과 지식 그리고 상황을 최대한 많이 만들어야 한다. 그렇게 모은 탄탄한 데이터 속에서만이 '센스'로 발휘할 수 있다. 그냥 스쳐 지나갔던 상황들을 이제는 모아 보도록 하자.

우리의 인생은 '기록'을 빼놓고 말할 수 없다. 글을 배우면서 하얀 종이에 글자를 수없이 연습하였고 학창 시절에는 선생님 판서와 목소리를 누가 더 많이 쓰나 내기하듯 필기하였다. 글짓기의 숙제도 피할 수 없었고 사랑하는 사람과 연애를 시작하게 된 후에는 괜히 하루를 적어 보기도 하고 마음을 담은 편지를 써 보기도 했다. 이런 생활 속 '기록'을 포함하여 직장 생활에서 효율적인 업무처리를 위한 우선순위 리스트, 죽기 전 꼭 이루고자 하는 버킷 리스트, 하루 일과 계획표와 같은 일상적 기록도 있다. 기록은 우리에게 이로움을 많이 준다. 어떨 때는 조금 더 계획적인 사람이 되도록 하고, 나의 업무 처리가 어디까지 되었는지 한 달 전 나의 하루가 어땠는지 금방 찾아볼 수 있게 한다. '센스 데이터' 또한 이와 같다. 센스 데이터를 기록으로 남기고자 한다면 따라야 하는 두 가지 규칙이 있다.

첫째는 '행동 중심'의 기록을 남기는 것이다. 행동 중심의 기록은 상대의 성향을 파악하는 데 도움을 주고 좋은 관계로 나아갈 수 있는 신뢰감을 만들어 준다. 그 사람과 함께 했던 이벤트와 더불어 좋아하거나 싫어하는 행동을 기록하여 좋아하는 행동을 늘리고 싫어하는 행동을 하지 않는 것이다. 사람은 좋아하는 행동을 했을 때보다 싫어하는 행동을 하지 않았을 때 상호 간의 신뢰감이 생긴다고 한다. 선을 지키고, 배려한다는 마음을 더욱 갖게 되는 것이다. 스타일이 맞는다며 말할 때에도 좋아하는 것을 함께 좋아할 때보다 싫어하는 행동 양식 등에 있어 공감한다는 통계 또한 존재한다.

둘째는 '상황'을 기록하는 것이다. 상대방의 컨디션을 고려해서 피곤해 보이거나 배가 고프다거나 무거운 짐을 가지고 갈 때 나에게 부탁을 할 때 등 상황에 포커스를 두는 것이다. 부정적인 상황 또는 상대방이 기분이 좋아 보일 때와 같은 긍정적인 상황에 내가 했던 행동에 대한 '좋은 반응'과 '나쁜 반응'을 기록한다. 상대의 상황에 대한 자신의 행동을 기록해 둔다면 상대를 더욱 중요한 사람으로 여긴다는 신뢰감을 줄 수 있다. 사람과의 경험을 많이 쌓아서 좋은 반응을 일으켰던 기록을 찾고, 유사한 상황에 데이터를 꺼내 이용할 수 있다면 당신도 누군가의 눈에 '빛나는 사람'이 되어있을 것이다.

05

이유 없는 브랜딩은 없다

〈대인 관계는 취미와 같다〉

"취미가 무엇인가요?"라는 질문을 참 많이 듣기도, 사용하기도 한
다. 취업 면접을 준비하면서도, 소개팅에서도, 처음 만난 누군가와
대화를 시작할 때 정석처럼 쓰이는 아이스 브레이킹에서도 사용하
게 되는 질문이다.

'취미'란 즐겨하는 일이나 직업적, 전문적으로 하지 않고 즐기기
위한 일을 의미한다. 이러한 관점에서 대인관계 또한 취미라고 할
수 있다. 대인관계를 맺지 않는다고 해서 생활이 불가능하거나 문제
가 생기는 것은 아니다. 직업적 또는 전문적인 이유로만 대인관계를
맺는 것 또한 아니라 자신의 의지에 따라 대인관계가 맺어지고, 이

어져 나간다. 우린 여러 대인관계를 맺기 위해 약속을 잡고, 시간을 쓰고, 돈을 쓰고, 마음을 쓴다.

직업적, 사회적 환경으로 인해 만들어지는 대인관계에서도 '대인관계는 취미와 같다.' 라는 말은 성립된다. 아무리 일을 위해 만난 사람도 추후 대인 '관계' 로 이어지는 것은 그 사람과 함께한 시간이나 대화가 '즐거웠기' 때문이다. 우린 그저 만난 사람을 '관계' 라고 말하지 않는다. 누군가와 진솔한 이야기할 수 있거나 진중한 목표를 나눌 수 있을 때 비로소 '관계' 라는 범주가 만들어진다.

좋고 싫음에는 정답이 없다. 사람마다 좋아하거나 싫어하는 것이 다르다. 케바케(case by case 약자)라는 말처럼 처한 상황마저도 다르다. 이런 상황에서 대인관계가 형성되는 것은 '대인관계는 취미와 같다.' 라는 말이 성립하는 이유와 같다. 당신과 상대의 라이프 스타일, 성격, 성향, 가치관에 따라 다르게 형성되기 때문이다. 우연히 알게 된 사람과 기호 음식이 다르다고 해 보자. 담배를 피우지 않는 사람은 흡연자와 선뜻 친해지기 힘들고, 커피를 좋아하지 않는 사람과 카페에 자주 드나드는 사람이 친해지는 것 또한 힘들다. 처음엔 말이다. 관계라는 것은 사소하지만 다양한 이유로 이어지고, 깊어진다.

누군가를 알게 되어 어떤 특정 관계로 맺어지기 위해서는 서로 상대와 함께 하는 것이 즐겁고 의미 있는 시간이어야 가능한 것이다.

누군가 아무런 이유 없이 사랑받는 것처럼 보일 수 있지만 들여다보면 그 누군가를 사랑하는 이들은 그와 함께하기 위해 어떤 것이라도 내놓을 만큼 큰 즐거움과 가치를 느끼는 것이다. 아무 이유 없이 사랑받는 '그'가 정말 아무 이유 없이 사랑받는 사람처럼 보인다면 그의 대인관계 능력이 굉장히 뛰어난 것이라고 할 수 있겠다. 마음먹고 시작한 운동이 언젠가 즐겨하는 취미 생활이 되는 것은 어느 정도 시간도 노력도 필요하다. 처음부터 취미로 하겠다고 마음먹는다고 가능한 것이 아니다. 가령 영화 시청을 취미 생활로 하겠다고 선포한 뒤 주기적으로 영화를 보러 극장에 가는 사람은 없다. 여러 영화를 접해 보며 나름의 즐거움을 찾게 되면 그때부턴 자신이 먼저 새로 나온 영화를 접하고자 예매를 하고 영화관을 찾게 되는 것이다. 그러다 누군가 취미가 무엇이냐는 질문에 "저는 영화를 즐겨 봐요."라고 대답하게 된다. 취미 생활은 하고 싶지 않은 일을 억지로 하는 것이 아니다. 분명히 '취미'의 사전적 정의에서 알 수 있듯 '즐길 수 있는' 것이어야 한다.

간혹 대인관계에서 힘든 일이 있을 수도 있다. 하지만 싫은 일과 힘든 일은 전혀 다른 범주의 것이다. 취미 생활을 영위하면서도 힘든 일은 얼마든지 있을 수 있기 때문이다. 하지만 싫어하는 일을 하면서 마주하고 싶지 않은 이들과 만나며 그 관계를 대인관계라고 해선 안 되는 일이다.

우리가 삶 속에서 여러 가지 취미를 갖게 되는 것처럼 다양한 관계를 맺으며 살아간다. 그 관계에서 어떻게 하면 자신이 상대에게 사랑받는 사람이 될 수 있는지 알아내고자 한다. 그러기 위해선 우리가 사랑하는 이들의 모습을 들여다보아야 하는데, 자신이 어떤 이들과 함께했을 때 즐거운지, 마음이 편안해지는지, 어떤 이들과 함께하고자 애쓰는지 알아야 한다. 모든 인간관계가 즐겁지는 않을 것이다. 모든 관계 속에서 편안하고 충만한 행복을 느끼는 것은 불가능하다. 모든 관계가 자신에게 의미 있어야 한다는 생각에서 벗어나길 바란다. 우리는 누군가에게 사랑받으려고 살아가는 것이 아니라 누군가를 사랑하기 위해 살아간다. 사랑받고자 노력하면 항상 결핍되어 있지만, 사랑하고자 노력하면 우린 언제나 충만할 수 있다.

〈이유 없는 브랜딩은 없다〉

이유 없이 누군가를 사랑해 본 적이 있는가? 영화나 드라마에서는 이유 없이 사랑하는 것이 진정한 사랑인 것처럼 절절한 사랑 이야기를 다루고 있다. 영화 속 주인공이 연인이 되는 계기는 굉장히 우연적이다. 지나쳤을 뿐이고, 시선이 닿았을 뿐이고, 말을 걸었을 뿐이다. 그러다 뽕 하고 사랑이라는 감정이 튀어나와 서로에게 빠져들어 서로를 운명이라 말한다. 하지만 실제 삶 속에서 우리가 사랑에 빠지는 것은 상당수 많은 요인과 결정타가 존재한다. 여러 번의 만남과 많은 시간의 대화와 수많은 의견 충돌, 다양한 상황 해결을 통해 우리는 서로의 성향을 파악하고, 서로에게 이끌리는 분명히 나와 성격이 잘 맞거나 비슷한 성향의 사람이라 끌리게 된다. 지금 나의 주위를 둘러보며 좋은 관계에 있는 이들에게 끌렸던 이유를 확인해 보자.

'이 친구와 시간을 보낼 때면 마음이 참 따뜻해.' 라고 생각한다면 그는 당신의 말을 귀 기울여 들어주는 이였을 가능성이 크다. 사실 어떤 이유로든 대인관계를 유지하고자 하는 생각을 하게 되고, 그 사람들 곁에 남고 싶고, 내 곁에 남기고 싶어 우리는 내 사람들에게 신경 쓰는 것이다.

이유 없는 브랜딩은 없다. 어떤 관계 속에서도 명확한 이유를 가지고 사람을 대하고 있으며, 그 명확한 이유들은 사람을 대하는 자신만의 신념이나 기준이 된다. 그래서 우리는 스스로 브랜드화하는 브랜딩 작업을 해야 한다. 나를 브랜딩 하지 못했는데 완벽하게 브랜딩 되어있는 사람들과 무슨 수로 만날 수 있겠는가? 인간관계를 구축하면서, 사랑하는 사람을 사귀면서 아무런 이유 없이 만나는 사람이 있을 수 없다. 수많은 사람 속에서 빛나 보이고, 사랑받는다면 그건 명확하고, 굉장한 이유로 인한 것이라고 할 수 있다.

가장 좋은 대화의 마무리는 시간의 한계에 부딪혀서 대화가 끝이 나는 것이다. 이상한 일이다. 대화를 마무리하지 않는 것이 오히려 가장 좋은 대화의 마무리가 된다. 서로가 서로에게 흐르는 시간이 아쉬울 만큼 좋은 사람으로 다가온다는 것이기 때문이다

PART

02

말투부터 디자인하라 :
브랜딩 최고의 기술

대화의 시작 : 시선 가꾸기

〈시선으로 시작하는 대화〉

대화를 시작할 때 눈을 마주치는 '눈 마주침(eye contact)'이 얼마나 중요한지는 누구나 알고 있다. 신뢰감을 형성하고 싶거나 경청하는 자세를 표현하기 위해 꼭 필요한 부분이다. 하지만 머리로 아는 것을 그대로 실천하는 것은 어려운 일이라 지금도 주위를 둘러보면 대화하며 상대의 눈을 마주 보는 것을 어려워하거나 두려워하는 이들이 있다.

스마트폰의 발달로 인해 우리는 더욱이 마주 보는 대화보다 영상을 통해 누군가를 보거나, 텍스트로 상대를 대하는 일이 많아지고 있다. 대입이나 취업 면접 준비과정에서도 사람의 눈을 바라보며 대답하기가 힘들어 실제로 저자가 일하는 '창원 트윙클 컴퍼니'에서 면접 코칭을 받는 사람들이 늘어나고 있다. 서류상으로는 훌륭한 인재임에도 막상 그들을 마주하면 책상을 보거나 딴청 피우는 모습을 많이 볼 수 있다고 다양한 기업의 면접관들이 말한다.

태도를 이야기할 때 우리는 '눈'에 대한 의견을 통해 사람을 판단하곤 한다. '눈동자가 흔들리는 것은 무언가를 숨기는 것이다.', '입은 웃지만, 눈은 웃지 않기 때문에 진심으로 웃는 것이 아니다.' 등의 말이 그러하다. 누군가를 이끄는 리더나 대표자가 되겠다고 호소하는 이가 대중들을 바라보지 못하고, 대본에서 눈을 떼지 못하며, 눈동자가 갈 곳을 잃고 흔들리는 모습을 보게 된다면, 그 공약을 보고 그를 뽑고 싶다고 생각하는 사람들은 그리 많지 않을 것이다. 혹 감사나 사과의 인사를 건넬 때도 상대의 눈을 바라보지 않는다면 진실한 감사 인사나 사과 인사라고 여겨지지 않는 것 또한 같은 맥락이다. 이만큼 눈빛 하나로 상대의 마음을 움직일 수 있다는 걸 깨닫고 내가 진정으로 전달하고 싶은 말의 경우에는 더욱이 상대방의 눈을 바라보고 얘기하도록 하자.

대화를 나누며 눈을 꼭 맞추어야 하는 이유는 자신이 아닌 상대방을 위함에서 시작한다. 물론 자신의 마음을 더욱 잘 전달할 수 있다는 장점을 활용하기 위함도 있지만, 상대를 대화의 상대로서 존중하고자 하는 이유가 더욱 크다. 상대가 느끼기에는 언어적으로 표현되는 호응과 대답에도 큰 호감을 얻지만, 비언어적인 표현인 눈 마주침이 더욱 신뢰감 있게 다가오기도 하기 때문이다.

예를 들어 당신이 상대와 대화하기 위해서 이야깃거리를 떠올리고 즐거운 시간을 보내고자 한껏 기대에 부풀어 있다. 그런데 정작 상대는 나와 눈을 마주치지 않고 다른 사람들이 드나드는 문을 바라보거나 창밖의 풍경을 감상하고 있다면 어떤 기분일까? 당신은 상대가 지금 나누고 있는 대화에 흥미가 없다고 느낄 수 있다. 설령 상대가 마지막에 대화가 즐거웠다고 인사를 하더라도 그 말이 진심이 아니라 생각하게 될 것이다. 그렇게 대화는 오해가 생긴 채 끝이 나고 당신과 상대는 만남을 다시 가지긴 어렵게 된다. 그렇다면 함께 있었던 시간 동안 무시당하고 자신이 작아지는 기분이 느껴졌던 이유를 우리는 알 수 있다. 그 이유는 바로 시선엔 '관심'이 담겨 있기 때문이다. 나에게 일체 관심이 없는 사람과의 대화를 억지로 이어나가는 것, 그보다 자존심에 스크래치 남는 일이 또 있을까. 상대에게 이러한 감정을 전달하고 싶지 않다면 대화할 때만큼은 눈을 꼭 마주치자.

〈시선은 관심이다〉

연인과 함께할 데이트를 위해 전날 밤에는 옷장 안에 옷을 이것저것 꺼내어 골라두고 아침 6시 알람을 듣고 일어나 고데기로 머리를 말고 유튜브로 배운 연인을 사로잡는 메이크업을 따라 한다. 게다가 비싸서 잘 착용하지도 않고 아끼던 액세서리를 착용한 뒤 거울 앞을 몇 번이고 서성거린다. 이게 끝이 아니다. 이 과정을 최소 2번 이상 반복한다. 그리고 연인을 만난 오후 3시 카페에서 상대에게 질문한다. "자기야. 나 뭐 바뀐 거 없어?" 한참을 동공 지진을 일으키다가 그는 말한다.

"뭐가 바뀌었어?"

상대에게 잘 보이고 싶어서 들인 노력에 반해 돌아오는 대답은 형편없기 그지없다. 남녀를 불문하고 자신에게 관심 있는 사람에게 호감이 가는 것은 당연하지 않나. 이렇게 상대가 무관심하다면 관심을 얻고자 노력한 이는 가슴 아프다. 하지만 때로는 이렇게 누군가의 가슴을 아프게 해 놓고 자신을 '쿨한 사람'으로 여기기도 한다. 쿨한 것 그리고 무관심한 것은 정말이지 한 끗 차이다. 상처를 주는 사람을 오히려 쿨한 사람으로 기억하는 이가 얼마나 있을까. 이왕이면 따뜻한 사람 그리고 관심을 가져주는 사람으로 상대에게 남는 것이 당신에게도 더 좋으니.

짝사랑해 본 적이 있는가? 관심이 있는 사람에게선 눈을 뗄 수가 없다. 계속해서 바라보게 되고 보면 볼수록 세세하게 살피게 된다. 그래서 짝사랑이 슬픈 것이다. 시선에는 관심이 담기는 것인데 바라보는 시간만큼의 관심은 쌓여 있지만 표현할 수 없기 때문이다.

똑같이 상대를 존중하거나 호감을 나타낼 때도 시선의 법칙은 같다. 오랜 시간 계속해서 봐주고 세세하게 관찰하는 것. 시선은 의식하지 않아도 나타나는 관심의 표현이다. 짝사랑이 더 이상 짝사랑에 머무르지 않고 친구로, 연인으로 발전할 수 있으려면 혼자서만 바라보는 것이 아니라 서로를 마주 보는 것에서부터 시작해야 한다. 명심하자. 눈을 마주치는 것은 관심을 표하는 것에만 머무르지 않고, 서로의 감정을 전달하는 힘을 가졌다.

〈꼭 눈이 아니어도 괜찮아〉

"시선을 마주치는 것이 너무나도 힘든데 어떻게 마주치나요?" 거의 울먹임에 가까운 목소리로 한 수강생이 내게 말했다. 여전히 내 얼굴이 아닌 책상을 훑으면서 말이다. 누군가의 눈을 바라보는 것이 어려운 데는 한 명 한 명 들어보면 신기하게도 참 다양한 이유가 있다. 하지만 그들의 문제점은 몇 가지 진술로 인해 대부분 없앨 수 있다. 바로 눈을 마주치지 않았을 때 생기는 문제점, 바로 '상대의 어려움'을 알리는 것이다.

- 불안정한 심리상태가 전달된다.
- 자신감이 없어 보인다.

- 거짓을 말하는 것과 같다.
- 경계하거나 의심하게 만든다.
- 진실한 말로 느껴지지 않는다.

눈을 마주치지 못해 대인관계가 힘들다고 말하는 이들의 속마음은 이기적이지 않다. 따라서 상대가 느낄 수 있는 여러 가지 '눈을 마주치지 못하면 생길 수 있는 문제점'에 대해 말해 주면 그들은 자신이 위의 다섯 문장으로 상대를 어렵게 만든다는 사실에 놀란다. 그리고는 힘들더라도 눈을 마주쳐야겠다는 의지를 불태우곤 한다. 하지만 마음이 앞선다고 해서 문제가 사라지는 것은 아니다. 몇 가지 간단한 방법으로 눈 마주침을 실천해 보자.

의사소통 코칭을 하면 가장 먼저 넘어야 할 산이 바로 '눈 마주침'이다. 눈을 마주치는 것은 단순히 '본다'의 개념이 아닌 '서로 마주 본다.'이다. 그래서 상대가 자신을 보고 있다는 사실을 인지하면서 자신 또한 상대를 바라보는 것이다. 누군가의 시선을 받는 것이 부담스럽다면 먼저 자신의 시선부터 견뎌 보도록 하자.

＊ 자신의 시선을 견디는 방법

1. 먼저 휴대폰 카메라를 켠다.
2. 동영상 녹화 버튼을 누른 뒤, 휴대폰의 전면 카메라 부분을 뚫어지

게 쳐다본다.

3. 녹화된 영상을 보며, 자신의 시선을 견딘다.

이 방법은 다소 우스꽝스러울 수 있지만, 뭐 어떤가. 방문을 굳게 잠근 뒤 누구도 신경 쓰지 않고 쉽게 실천해 보자. 자신의 시선이 어느 정도 익숙해졌다면 이젠 거울을 보며말해 보자.

4. 거울을 들여다보며 자신의 모습을 꼼꼼히 관찰해 보자.

자신의 얼굴을 제대로 인지하고 있는 사람이 타인의 시선에 대해 민감하지 않다. 게다가 계속 들여다보면 자신의 얼굴의 매력을 찾을 수 있으니 꼼꼼히 살핀 뒤 자신만의 매력 포인트를 찾아내도록 하자.

5. 혼잣말이나 짧은 프레젠테이션을 해 보자. 누군가와 이야기한다는 상상을 하며, 간단한 인사나 프레젠테이션을 시작하는 아이스 브레이킹을 연습해 보자.

자신의 모습이 이젠 익숙해졌다면 이젠 타인과 눈을 마주칠 때가 되었다. 타인의 눈을 마주치는 것이 아직은 어려울 수 있다. 하지만 괜찮다. 이 또한 이겨낼 수 있는 몇 가지 방법이 있다.

* 타인의 눈을 바라보는 방법

1. 턱이나 입술을 본다. 상대가 말할 때마다 입술이나 턱을 보게 되면

상대가 자신에게 집중하고 있다는 느낌을 받게 된다.

2. 코끝을 바라본다. 코는 눈과 가장 가까운 곳이다. 따라서 '나는 절
   대 눈은 볼 수가 없어.' 하는 사람이라면 코끝을 바라보기만 해도
   '눈 마주침'의 효과를 얻을 수 있다.

3. 코끝을 바라보는 것이 점점 익숙해지면 상대의 눈을 바라보자. 결
   국에 가장 좋은 자세는 상대의 입술이나 코끝이 아닌 눈임을 잊지
   말자.

내가 사랑하는 사람이 나를 사랑해 주는 것은 기적이라고 한다. 하
지만 그 기적 같은 일도 서로를 바라보는 데서부터 시작한다. 지금
도 혹시, 당신의 부끄러움으로 인해 당신을 소중히 여기고, 사랑으
로 바라보는 이의 시선을 비껴가고 있지는 않을까? 나를 바라봐 주
는 이를 내가 바라보고, 내가 바라보는 이가 나를 바라봐 주는 기적
으로 그들과 한 걸음 더 가까워지기를 바란다.

성격으로 변명하지 마라

〈내가 무뚝뚝해서 그래〉

사람의 이미지를 그려주는 성격은 가지각색이다. 셀 수 없을 정도로 다양한데 대화를 하기에 가장 힘든 성격의 사람은 '무뚝뚝한 사람'으로 꼽힌다. 무뚝뚝함은 말이나 행동, 표정 따위가 부드럽고 상냥스러운 면이 없어 정답지가 않다는 뜻이다. 꼬집어 '말'만이 아니라 행동과 표정을 얘기하는 것이다. 말을 많이 하지 않는 사람들은 보통 본인이 말이 없음에 대해 본인의 성격이 무뚝뚝하다며 변명하려 한다. 하지만 주변을 살펴보면 행동이나 표정이 부드럽지 않아도 대화가 되는 사람이 분명히 존재한다. 이렇듯 무뚝뚝한 것과 대화가 없는 것은 엄연히 차이가 있다.

연설처럼 일방적 의사소통 또는 소통할 수 없는 채팅이나 카카오 톡과 비슷한 성격을 가진 '창 속의 대화'가 아닌 이상 대화는 그냥 말을 전하는 것이 아니라, 오고 가는 과정이 자연스럽게 이루어져야 한다. 혹여 말이 없는 사람과 대화를 할 때 여러분은 어떤가? 저자는 말수가 적은 이들과 대화하면 꼭 수다스러워지는 경향이 있다. 다음의 한 대화의 예를 살펴보자.

A: 오늘 날씨가 너무 좋죠? 이럴 때 피크닉을 가면 참 좋을 텐데요.

B: 그러게요.

A: 다음에 교외로 한번 가실래요?

B: 네, 그러죠.

A: 식사는 하셨나요?

B: 네, 했습니다.

A: 그렇군요! 저는 오늘 파스타 맛집을 추천받아서 가봤는데 정말 맛있더라고요!

A만 구구절절 질문을 건넨다. B는 A의 질문에 짧은 답변으로 대답하기만 할 뿐 대화를 이어나가고자 하는 의지가 없어 보인다. A는 사실 수다스러운 사람이 아닐지 모른다. 다만 B와 함께인 분위기가 어색해서 변화시키고자 혹은 B의 호감을 사거나 존중해 주기 위해

쉬지 않고 대화를 시도할지도 모른다. 보통 A와 같은 사람들은 대화의 상대로 큰 문제가 되지 않는다. 문제는 B이다. 보통 B와 같은 사람은 본인이 무뚝뚝해서 그렇다며 상대의 이해를 바랄 뿐 노력할 의지조차 보이지 않는다. 그렇다 보니 이들과의 대화는 '주거니 받거니'가 이루어지지 않는다. 오히려 A 입장의 사람이 어색함을 이겨내려 주제에 맞지 않는 이야기만 장황하게 늘어놓는다. 요 근래에 있었던 당신의 대화를 리플레이해 보자. 당신은 A인가 B인가?

만약 B와 같은 무뚝뚝함의 아이콘이라면 당신을 위한 몇 가지 팁을 알려줄 테니 걱정하지 말자.

첫째, 당신의 성격을 탓하지 말자. 문제점을 알면서도 해결하려 하지 않는 것은 발전 없이 도태되어가는 지름길이다. 탓하고 싶은 문제점에서 벗어나라. 무뚝뚝, 엄근진, 진지충 등의 성격과 말을 잘하지 않는 것은 전혀 무관한 일이다.

둘째, 말을 잘하는 사람들의 특징을 눈여겨보자. 그들은 상대의 말에 긍정 또는 부정형의 짧은 대답으로 동조만 하는 것은 오히려 무관심해 보이는 사실을 이미 안다. 그래서인지 대화가 술술 이어지는 이들은 상대의 말에 자신의 의견을 덧붙여 이야기한다. "오늘 날씨가 너무 좋죠? 이럴 때 피크닉을 가면 참 좋을 텐데요."라고 말하는 당신에게 "그러게요."가 아닌 "그러게요. 해가 중천에 떴네요. 만약 다음 주 일요일에 오늘처럼 날씨가 좋다면 함께 피크닉 가실래요?"

라고 말하는 상대가 있다면 당신은 그에게 호감이 생기지 않을까? 상대의 말에 대한 긍정적으로 반응하는 것은 좋다. 그러나 보이는 현상에 대해 느끼는 자신의 감정을 세세히 이야기하고 상대의 대화 의도를 파악하자.

셋째, 인사부터 건네라. 정말 말할 것이 없다면 정성 어린 인사라도 건네라. 모든 대화의 시작은 인사다. 상대의 입장에 서서 생각해 보자. 당신이 출근길에 재미있는 에피소드가 생겨 동료들에게 이야기해 주고자 들떠있었다. 그런데 사무실에 도착하니 싸한 분위기의 그들이 당신에게 인사조차 건네지 않는다. 당신은 이유 없이 기분이 급격하게 저하됨을 느끼고 웃자고 할 이야기도 입을 닫으며 분위기 전환에 실패한다. 그만큼 인사는 중요한 것이다.

이제부터 무뚝뚝해서, 내성적이어서 낯을 가려서 등의 변명은 벗어던지고 대화 태도를 새롭게 단장하자. 처음부터 변화에 큰 기대를 걸지는 않은 채 말이다. 대신에 대화를 시작하기 이전 나는 이렇게 외향적인 사람이 아니지만 조금 더 부드러운 대화를 위해서 노력하고 있다며 상대에게 양해를 구함과 동시에 노력을 증명해 보자. 당신에게서 언뜻 무뚝뚝함이 느껴지더라도 상대는 너그러이 넘어가줄지도 모른다.

<말은 성향이 아니라 역량이다>

'애초에 말 잘하는 성향도 없고, 말을 못 하는 성향도 없다!' 성향의 차이가 있다면 아마 외향적인 사람은 말이 많아야 하고 내향적인 사람은 말 수가 적고 생각을 나타내기 어려워해야 한다. 하지만 당신은 주변에서 웃음도 많고 말도 많은 외향적인 친구가 발표를 어려워하는 경우를 본 적 있지 않나?

자신이 평소에 가깝게 지내는 사람들 앞에서 이야기할 때는 너무나도 당찬 A. 그런 성격 때문인지 조별 과제를 하면 조원들에게 발표자로 늘 지목받는다. 그런데 사실 A는 무대공포증이 있다. 심장이 쿵쾅대고 머리부터 발끝까지 덜덜거리는 떨림을 감추지 못해 마이크를 잡기는커녕 강단 위에 올라서는 것조차 스트레스 받는다. 싹싹하다 못해 씩씩하기까지 한 A가 불특정 다수의 앞에서는 누구보다 얌전하고 조용한 인격으로 변하는 것을 보면 참으로 신기하다.

반대로 누가 봐도 내향적인 성향의 B가 있다. 주변에서는 그가 사람들 사이에서 목소리 내는 것을 어려워하지 않을까 훈수 두며 걱정한다. 하지만 B는 그들의 생각과 달리 높은 강단에 올라서서 소신껏 의견을 표출하고 차분하게 강의나 강연을 진행해 나간다. 나아가 '강사'라는 타이틀로 직업을 삼기도 한다.

저자는 A, B와 유사한 사례를 수차례 본 결과 말은 역량이라는 명제를 발견했다. 태어나면서 고유한 성향은 바꾸기 힘들지만, 역량은 자신의 노력을 통해 어디까지든 키워 나갈 수 있다. 우리는 살아가면서 가정과 학교, 그리고 사회에서의 경험들로 원하는 역량을 키운다.

그렇다면 우리 모두는 태어나면서부터 타고난 성향대로 살아가는 것일까? 살아가며 배우고 터득한 능력으로 본인만의 역량을 키우고, 그 역량은 곧 취미가 되기도 하고 밥벌이가 되어 줄 직업이 되기도 한다. 그런데 '말'에 있어서는 왜 역량이라 생각하지 않고 타고나지 못했다며 피하려 할까? 어떤가? '말'이 태어나면서부터 타고난 성향이 아닌 역량이라고 하니 혹시 자신감이 생기지 않는가? 용기를 가졌으면 벌써 반은 성공했다. 역량을 키우고 싶다면 이제부터 필요한 것은 무엇일까. 바로 충분한 연습 시간이다.

제일 좋은 방법은 말을 많이 하는 것이다. 우리나라 국가대표 축구 선수들이 국가대표가 되기 전까지는 셀 수 없이 많은 연습으로 역량을 키워 선발된다. 골키퍼는 몇만 번의 공을 막아 드디어 공의 흐름을 알게 되고 공격수는 한시도 빠짐없이 빈틈을 노려 예리한 공격 방법을 터득한다. 말도 그만큼의 연습을 추구한다. 어쩌면 축구 경기장처럼 연습할 수 있는 공간이 따로 필요한 것도 아니고, 따로 시간을 내어서 연습해야 하는 것도 아닌 '말'이 역량을 키우기 가장 쉬운 환경임에도 불구하고 아무것도 하지 않고 있는 것은 아닐까.

먼저 쉬운 말부터 던져라. 인사말도, 어제의 일과도 상관없다. 가까운 사람부터 시작하면 생각했던 것보다 어렵지 않을 수 있다. 가령 친구나 가족과의 대화도 불편한 마음이 든다는 이들이 있다. 정말 간단한 기초 대화부터 시작하여 넓혀 나가자. 적응기를 가지고 진중한 대화를 가져 보기도 하며 대화의 역량을 하나씩 키워 나가자. 당신의 성격이 내성적이라 말수가 많은 사람과 거리가 있어 말의 역량을 키울 필요가 없다고 생각한다면 오산이다. 굳이 사람들 앞에서 수다맨이 되는 것이 아닌 진중한 사람이 될 수 있으니 말이다.

'역지사지'는 대화를 할 때에도 잊지 말아야 할 사자성어다. 당신이 말수가 적은 사람이라면 당신이 말을 하지 않고 있는 동안 상대가 어떤 감정에 놓여 있을지 생각하자. 아마도 무안함의 끝판왕 심정을 느끼고 있을 것이다. 내가 말의 역량을 키워야 하는 이유엔 분명 상대를 위함도 있다.

대화는 '주거니, 받거니'라 앞서 말하였다. 한 사람은 질문만 던지고 다른 한 사람은 대답만 주야장천 하는 대화의 형태는 '면접'과 흡사하다. 한쪽으로의 치우침 없이 질문과 대답을 번갈아 하는 대화를 유지하자. 만남을 약속했는데 그와의 대화가 뜨뜻미지근할 것 같다면 만나기 전날 차라리 나누고 싶은 대화를 먼저 준비하는 것도 좋다. 묻고 싶은 질문, 돌아올 거라 예상되는 질문 그리고 내가 할 수 있는 대답까지 상대와의 대화를 간단하게 시뮬레이션해 보는 것이다.

만약 당신이 직장에서 중요한 프레젠테이션의 발표자를 담당하였다 치자. 업무의 부담감이나 강도는 높지만 성공할 시 당신의 승진이 예견된 중요한 일이다. 그렇다면 며칠을 꼬박 뜬눈으로 밤을 지새우며 보다 매끄러운 진행을 위해 대본을 미리 준비하지 않을까? 나아가 언제 훅 들어올지 모르는 임원진들의 압박 질문으로부터 예상 질의 응답지를 만드는 노력까지 할 것이다.

상대와의 대화가 너무나도 부담되고 어렵게 느껴진다면 프레젠테이션처럼 준비하는 것이다. 상대에게 할 말 또는 질문을 생각하고 상대의 대답을 예상해 보자. 좋은 예로 오랜만에 친구를 만나게 되었다. 이때 당신이 대화를 위해 준비할 수 있는 노력은 과연 무엇일까? A의 SNS를 통해 그간에 활동을 확인하는 것이다. 그 친구의 활동을 보며 어떤 주제로 이야기를 풀어 나갈지 먼저 준비하기 위해서다. 여기서 함께 쌓은 추억까지 대화의 주제로 미리 준비한다. 아마도 당신과 A는 오랜만에 만난 어색함의 공기는 느낄 틈도 없이 웃음소리가 끊이지 않는 시간을 가지게 될 것이라 확신한다.

물론 당신이 준비한 대화가 현실에서 100% 일치할 수 없다. 그렇지만 미리 준비해 간 질문을 통해 이전보다 막힘없는 대화는 충분히 가능할 것이다. 상대는 자신에게 관심을 표해주는 당신의 질문 속에서 흥미를 느껴 대화를 이어나갈 것이며 이는 당신의 '말'의 역량이 키워졌대도 과언이 아니다. 상대와의 만남 전, 당신만의 대화 프레젠테이션을 준비하는 것으로 대화의 흐름이 판가름 난다면 충분히 대화를 위한 준비 시간을 투자할 가치가 있지 않은가.

대화의 마무리,
좋은 관계의 시작

〈사람은 처음이 아닌 끝으로 남는다〉

당신은 말을 끝까지 이끌어 가는 사람인가, 말을 끝내는 사람인가? 간혹 대화를 나누다 삼천포로 빠지는 경우가 있다. 여러분은 그럴 때마다 삼천포에 같이 뛰어들어 주는가? 혹은 삼천포로 빠졌다며 핀잔을 주고 본래의 주제로 돌아가고자 다그치는 사람인가?

때때로 우리는 대화의 의미를 잘못 파악한다. 대화는 상대와 공감을 하고 교감을 하는 소통의 장치이다. 그런데 우리는 빨리빨리 혹은 개인주의 결과주의 등의 이유로 대화 속에서 어떤 이익이나 결론이 나야 한다고 믿는다. 그래서 삼천포에 빠지며 즐겁게 대화하고 있는 사람들에게 핀잔을 주며 본래의 목적대로 토론을 나누고 회의를 하고자 하는 사람들이 있다. 혹 당신이 그런 사람이라면 미안한 말이지만 지금까지 그 대화에서 당신은 주인공이 아니었을 것이다. 대화에서는 삼천포로 함께 뛰어들어 주는 사람이 주인공이다. 다음 사례를 보며 대화의 주인공이 누구인지 알아보자.

오랜만에 만난 친구들과 카페에서 커피를 한잔하며 얼마 전 결혼한 친구들의 신혼 일상 얘기로 한창 대화의 꽃을 피우고 있었다. 깨가 쏟아지는 신혼 얘기를 하다 어느새 친구 한 명이 시댁의 흉을 보기 시작했다. A는 아랑곳하지 않고 시댁 얘기에 맞장구쳐 주었다. 십 분이 지나고 나니 대화의 주제는 육아휴직으로 바뀌었고 또다시 이번에는 아이들 유치원 정보교환을 위해 얘기하고 있는 친구들을 발견한다. 모두가 신나게 대화에 심취해 있는데 옆에 있는 B는 테이블을 치며 말한다.

"아니 그래서 도대체 우리가 하고 있는 얘기가 뭐야? 하던 얘기나 마저 하자."

누군가는 눈치 보며 얘기하고 있었던 신혼 일상 얘기로 돌아가려 했지만 다른 몇몇은 한창 흥미 있던 대화의 맥을 끊어버린 B로 인해 벌써 기분이 상했다.

대화는 흐름이지 기승전결로 단계를 마무리 짓는 것이 아니다. 여러 개의 강줄기가 큰 바다로 흘러가듯 말꼬리를 잡고 또 잡아가며 서로 다른 주제의 이야기가 커다란 대화를 만든다. 그것을 아는 우리는 바다처럼 넓은 대화를 위해 다른 곳으로 흘러가는 주제 없는 말을 억지로 붙잡지 않는다. 대화가 형성되는 과정은 이렇다. 앞서 대화로 돌아가서 A와 B를 본다면 분명 대화의 처음을 잘 이끌어 갔지만 끝맺음을 하지 못한 B보다는 이야기 도중 삼천포로 빠졌을 때마다 자기 얘기를 꺼내면서 삼천포로 같이 뛰어들며 대화의 끝을 이어가는 A야말로 공감과 호응을 적극적으로 이용할 줄 아는 대화의 진정한 주인공이다. 당신에게 묻는다.

"당신은 삼천포로 함께 뛰어드나요?"

여러분들 중 과연 몇 명이나 "그렇다"라고 답을 할 수 있을지 궁금하다. 말이 조금 다른 길로 샜다고 큰일이 일어나지 않는다. 그 시간만큼은 괜찮으니 대화 방향의 옳고, 그름을 따지지 말고 대화를 흐름에 맡겨보자. 오히려 삼천포로 함께 빠진 대화를 통해 자리에 있던 사람들에게 좋은 기억으로 남는다면 다음 대화에 초대받는 기회가 올 것이다.

〈좋은 관계는 교감으로부터 온다〉

모든 것에는 순서가 있다. 새로 만나게 된 사이에 갑자기 손을 잡고 포옹하지 않는 것처럼 만남을 통한 대인관계에서도 갑자기 진전되는 사이보다는 시간을 두고 알아가기를 원한다면 당신은 깊은 관계보다는 넓고 얕은 관계를 선호하는 사람일 수 있다. 하지만 이와 같은 관계는 '좋은 관계'로 평가되기에는 다소 부족하다. 좋은 관계란 깊은 관계로 나아갈 수 있음을 얘기한다. 그래서 좋은 관계를 원하는 이들에게 교감의 시간을 가지라고 말한다.

관계를 맺기 시작한 계기가 업무라면 업무에 충분히 임한 후 사적인 교감을 해야 한다. 업무적인 존경과 소통이 이루어지지 않는 상태에서 사적인 교감을 시작하면 상대는 출근 1시간 전부터 퇴근까지 부담스러운 시간에 골 아파할 수도 있다. 입사 몇 개월 차 신입사원이 상사의 성장과정, 학력, 입사 이력, 이상형, 결혼담이 궁금할까? 그럼에도 불구하고 알 필요도 없는 개인사를 비엔나소시지처럼 줄줄이 말해 주는 상사에게 대놓고 "안물(안 물어봤다)"이라고 확 질러버리고 싶다. 그래도 본인 이야기만 한다면 앉아서 적당한 리액션으로 호응하며 애써 방청객이 되겠다만 나의 이야기를 제 얘기처럼 궁금해하며 억지로 말하기를 강요할 때는 정말 가시방석이 따로 없다. 어떤 이들은 상사가 아닌 입사 동기의 사적인 교감도 불편하다고 한다. 오래 알고 지낸 고향 친구도 아니고 통성명한 지 얼마 되지 않았기 때문이다.

당장에 가까워지고 친해지고 싶은 그들의 마음을 모르는 것은 아니다. 그렇지만 사람마다 성향과 성격이 제각기 다른데 무작정 자신이 원하는 관계의 '시작'을 들이대는 것은 상대와의 관계를 더욱 어렵게 만드는 지름길일 수 있다는 것을 명심하자.

다음으로 신경 써야 할 것은 '대화의 마무리'이다. 신나게 대화를 했는데 어느 순간 자신의 얘기만 집중하며 그 속에서 헤어 나오지 못하는 경우가 있다. 혹은 자신의 의견과 조금이라도 동일하지 않을 때 언성이 높아지는 경우도 있다. 이런 대화는 좋게 끝맺지 못한다. 이미 상대방은 나와 좋은 관계를 맺고 싶은 생각도 들지 않을 것이다. 나 또한 같다. 대화의 마무리가 좋지 않은 사람과 억지로 이어가기 위해선 한쪽이 자신의 의견을 배제하고 희생하여야 하기 때문이다.

건강한 관계는 어느 하나의 마음이 더 크고 작은 것이 아니라 온전한 채로 서로를 대할 때 만들어진다. 대화의 마무리를 훌륭히 맺기 위해서는 서로에게 신뢰가 바탕이 되어야 한다. 서로에게 귀 기울이고, 교감하며 상대가 나를 얼마나 존중해 주는지 느끼면서 말이다. 함께 나눈 대화가 아쉬울 만큼 서로를 존중하며 즐거운 시간을 보낸 이들이 좋은 관계로 이어지지 않는다면 이것이야말로 어불성설이다.

가장 좋은 대화의 마무리는 시간의 한계에 부딪혀서 대화가 끝이 나는 것이다. 이상한 일이다. 대화를 마무리하지 않는 것이 오히려 가장 좋은 대화의 마무리가 된다. 서로가 서로에게 흐르는 시간이 아쉬울 만큼 좋은 사람으로 다가온다는 것이기 때문이다. 쉽게 말해

'상대와 함께 보내는 시간에 충실해라.' 가 되겠다.

　마지막으로는 다음을 기약하는 말 한마디이다. 약속된 시간이 모두 마쳤음을 아쉬워하는 한마디는 상대방과 나의 관계를 그저 우연에서 더 나아가 '좋은 관계' 로 만들어 주는 마법의 주문이 될 것이다.

　예로 나는 헤어지기에 앞서 기다렸다는 듯이 '조심해서 가세요.' 라며 작별의 인사를 건네는 사람보다는 '오늘 재현 씨랑 있어서 너무 즐거웠어요. 다음에 다시 만나고 싶네요.' 라고 말하는 사람의 말이 훨씬 진심이 담긴 듯이 들린다. 오랫동안 기억에 남아 바쁜 스케줄을 쪼개고 쪼개서라도 그와 만남을 다시 가진다. 당신도 헤어짐의 아쉬움과 다음 만남의 기약을 표할 수 있는 한마디로 관계를 유지하고 싶은 사람에게 인사말로 건네어 보자.

04

다채로운 대화 :
화법 익히기

〈대화 속 분위기 메이커〉

일상생활에서 쉽게 적용할 수 있으며 전반적인 대화 분위기를 변
화시킬 수 있는 것은 '화법'이다. 이 화법은 굉장히 다양한데 아무래
도 상황에 맞는 화법을 적절히 익힌 사람과의 대화는 풍성하고 매끈
하며 듣기 좋다. 무미건조한 대화를 다채롭게 만들고 거두절미하던
대화를 조리 있게 만들고 상대방이 듣기 불쾌한 명령과 지시는 부드
럽게 들을 수 있도록 만든다. 또한 공감능력이 결여된 상황에서 충
분히 공감하고 있음을 전달하고 끝으로 부정적 내용 전달을 최대한
완화시킨다.

화법이 주는 효과는 어마어마하다. 보기 좋은 떡이 맛있듯이 듣

기 좋은 말은 맛있는 대화, 즐거운 시간을 만든다. 따라서 상대방이 잘 듣게 하기 위해서 우리는 다양한 화법을 익혀야 한다. 이 세상에 존재하는 모든 화법을 익힐 수는 없겠지만 다음의 5가지의 대표 화법만큼은 익히고 변화시켜 나의 대화 중 다양한 상황에 적용해 보자.

123 화법

한번(1) 말하고, 두 번(2번) 듣고, 세 번(3번) 반응하라. 뜻하고자 하는 말은 '경청의 중요성'으로 보인다. 자신의 말은 간결, 명료하게 전달하고 상대의 말은 충분히 경청하고, 상대의 말에 자신의 말을 다시 꺼내기보다는 공감하는 말, 위로하는 말, 격려하는 말로 세 번 호응하라. 아마도 상대는 당신의 반응에 신이 나 대화를 이어나갈 것이다.

ABA 화법

주제는 A, 본론은 B로 설정하고 이야기를 시작한다. A는 주제이면서도 끝으로 한 번 더 강조하는 결말이 된다. 이는 대화의 매끄러운 진행을 도와준다. 어린아이들에게도 ABA 화법을 적용하는데 쉽고 간단하면서도 완성도 높은 대화의 모습을 내비친다.

I-Message(아이메시지) 화법

상대방의 입장에서 말하는 You-Message를 사용할 때 상대방은 본인의 행동을 비난하는 것처럼 느껴진다. 하지만 대화 속 주어를 '나'로 지정하는 I-Message는 상대에게 할 지시, 명령을 할 때 부드럽게 변하며 따라서 상대는 단순한 요청 정도로 듣게 된다. 만약 상대에게 원하는 것이 있다면 '나'의 기분에서 이야기하는 것도 좋다.

예 : 너 연락이 왜 안 돼? → 나는 네가 연락이 안 돼서 걱정됐어.

그랬구나 화법

공감소통의 일부로 상대의 입장에서 '그럴 수 있었다'는 것을 인정해 주는 한 마디다. 누구나 자신의 말에 공감을 얻고자 한다. 상대의 말에 대한 답변으로 '그랬구나'를 붙이고 뒤에 자신의 말을 시작하는 것만으로도 듣는 이에게 전달되는 말의 온도가 바뀐다. 상대와 나의 다름을 인정하고 위로해 주자.

예 : 그랬구나. 그래서 네가 나에게 서운함을 느낀 거구나.

쿠션 화법

'쿠션 화법'이란 상대방에게 불가피하게 부정적인 내용을 전달해야 할 때 공손한 표현을 씀으로써 상대방에게 최대한 부정적 느낌을 완화시켜 전달하는 것이다. 또한 추후의 개선방안에 대해 되물으며 문제를 해결해 주고자 하는 느낌을 준다. 불가능한 상황을 솔직하게 설명하면서도 상대방의 기분을 상하지 않게 하는 방법이다.

예 : 손님, 죄송합니다만 그 상품은 재고가 없어서 지금 구매하시기가 어렵습니다. 혹시 며칠의 여유 시간이 있으시다면 다른 매장의 재고를 택배로 배송해 드려도 괜찮으실까요?

〈협상이 아닌 배려〉

협상을 할 때 우리는 상대에게 낮은 저음 그리고 강렬한 눈빛을 뿜으며 묻는다.

"A로 하시겠습니까? 아니면 B로 진행하시겠습니까?"

협상의 기술로 통하는 이 방법은 상대가 빼도 박도 못 하게 둘 중 하나를 선택해야만 하는 심리적 압박감을 준다.

애인을 만났는데 애인이 나에게 묻는다.

"그래서 밥을 먹고 영화를 볼래, 영화를 보고 밥을 먹을래?"

항상 나와 협상을 하려고 하는 내 애인. 나의 의견을 물어보지 않고 늘 이렇게 자신이 만든 선택지를 주곤 한다. '답정너'(답은 정해졌어. 너는 대답만 해)가 따로 없다. 언제쯤 '자기는 오늘 뭐하고 싶어?' 하고 다정하게 물어봐 주려나 싶다.

위의 일화는 친구가 항상 나에게 털어놓는 고민 중 하나이다. 친구의 애인 A 씨는 지금까지 3개월 이상의 연애를 해 본 경험이 없었다고 한다. 그렇다고 나의 친구와 오랜 연애 진행 중도 아니고 이제 막 연애 2개월 차 연인이었다. 비슷한 패턴의 고민을 듣고 있자면 A 씨는 천방지축 제 맘대로인 철부지 아이 같았다. 저자는 현재 대인관계 컨설턴트로서 일을 하고 있는데 보통 연인 관계의 형태를 바라보고 있으면 대인관계의 그림도 대충 그려진다. 아니나 다를까 친구의 애인 A 씨는 대인관계에서조차 본인의 생각대로 정리한 선택지를 고르게 하는 독불장군이었다.

간혹 선택지를 내주는 사람이 있다. 예를 들어 1차로 식사를 한 뒤 2차 자리를 찾지 못해서 길에서 서로 "아무 곳이나 가자"라며 떠넘기는 상황이 일어났다. 모든 멤버들이 선택과 결정을 어려워하는 '선택 장애, 결정 장애'가 있어 도무지 총대 메고 누가 나서지 않는 한, 길에서 아까운 시간을 보내게 될 것이다. 그때 차라리 "이 근처에 ○○카페가 있다던데 커피 향이 좋대. 그곳에 갈래? 아니면 맥주를 한잔 더 마시게 바에 갈래?" 하고 2개의 선택지를 주는 사람이 나타난다면 그가 제멋대로 하는 독불장군으로 보일까? 아니다. 그들에게는 이 갈팡질팡하는 상황을 간단명료하게 정리해 준 리더십 있는 사람처럼 느껴질 것이다.

똑같은 상황의 가정 하에 A 씨의 선택지를 보며 다른 점을 찾아보자. 분명 사람들은 2차로 가고 싶은 장소가 있었다. 그럼에도 불구하고 혼자 판단하고, 혼자 결정하고 질문한다.

"우리 2차로 커피 한잔할래, 맥주 한잔 더 할래?"

아무도 대답하지 않았다. 카페와 맥주 바 둘 중 가고 싶었던 곳이 없었다. 사실 아까 전부터 1차에서 식사를 완료한 뒤 2차에서 부른 배를 꺼뜨리기 위해 볼링장에서 게임을 하자고 얘기했는데 커피와 맥주라니. 사람들의 얘기를 귀담아듣지 않은 것이 티가 나버렸다. 이러한 선택지는 잘못된 선택지이다. 이런 선택지를 자꾸 들이대다 보면 사람들 사이에서 눈치 없는 사람으로 낙인찍혀 버린다.

누구는 선택지를 주는데 리더십 있는 사람이 되고 누구는 눈치 없는 사람이 된다. 누구도 나서기 싫어하는 그 상황에서 용기 내어 말을 꺼냈는데 이왕이면 많은 사람들의 공감과 동의를 얻고 싶지 않나. 상대에게 내 생각을 담은 선택지를 줄 때는 먼저 분위기 파악을 잘해야 하며 다음과 같이 '선택의 3공식'을 꼭 기억해야 한다.

첫째, 선택이 필요한지 필요한 척하는 것인지 눈치껏 판단한다. 진짜 선택이 필요한 경우에는 다음과 같이 아무럼 상관없다는 뉘앙스를 강하게 담아 말을 한다.

"아무나 얘기해. 어디 좋은 곳 없어?"

"아무 곳이나 가자."

"난 정말 어디든 괜찮아. 네가 원하는 곳을 말해 줘."

예를 들어 추운 겨울 칼바람이 옷을 뚫고 안으로 들어와 곧 있으면 동상에 걸릴 것 같은 기분이 드는데 서로 아직도 목적지를 정하지 못해 발만 동동 굴리고 있다. 어디든 몸을 녹일 곳만 있으면 될 것 같은데 말이다. 그 와중에 누구는 버럭 하거나 짜증까지 낸다.

"그냥 좀 들어가면 안 돼? 추워 죽겠어."

이럴 때 만약 당신이 선택지를 가지고 있다면 자리를 박차고 나서자. 괜한 시간 낭비로부터 사람들을 구제해 줄 수 있다.

하지만 필요한 척하는 경우도 당연히 있다. 자신이 가지고 있는 의견 즉 선택지가 분명히 있지만 묵살될까 표출하기를 망설이고 있는 상황이 그렇다. 보통 이런 경우는 "음…, 아니면…, 혹시…,"와 비슷하게 말을 시작하고자 하는 사인을 뿜어낸다. 이때는 당신이 나서서 선택지를 주지 않아도 괜찮다. 벌써 선택지가 나왔는데 굳이 하나 더 얹는다면 이때야말로 눈치 없는 사람이 되어버린다. 살짝 눈치껏 양보해 주자.

둘째, 돌아가고 있는 상황을 해석하자. 밥을 먹는 중에 또는 만나자마자, 만남을 약속하는 도중 언제고 벌써 다음을 얘기하고 있을 수 있다. 실컷 다음을 계획 잡을 때는 듣지도 않고 마이웨이의 길을 걷더니 이제야 "이거 할래, 저거 할래?" 하는 사람은 단순히 눈치 없음을 넘어 꼴불견으로 보인다. 귀를 기울여 집중해서 들어야 상황을 해석할 수 있다. 5명 중 두세 명이 오케이를 외치고 있는데 굳이 새로운 선택지를 가지고 와 차가운 반응을 맛볼 필요는 없다.

셋째, '내'가 아닌 '상대'를 위한 선택지를 줘라. 눈치껏 당신이 나서야겠고 돌아가고 있는 상황도 확인했다. 그리고 당신은 당당하게 말한다. "맥주나 한잔 더 하러 갈까?" 그런데 그들의 반응이 미지근한 것이다. 도대체 왜일까? 앞의 상황대로 5명이 모인 모임에서 2차 장소를 정하는 중에 생긴 일이다. 당신은 가본 곳 중에 가장 분위기가 좋고 가격도 부담되지 않는 맥주 바를 고심 끝에 추천했는데 그중에 2명이 술을 마시지 못하는 것이다. 서로 눈치 보기 바쁜 상황이 만들어졌다. 술을 즐기는 이들은 당연히 찬성이지만 2명이 신경쓰이고 반대로 2명은 본인들 때문에 맥주 바를 가지 못하는 것이 불편해 애써 괜찮다며 가자며 부추긴다. 정말이지 이런 상황은 그 누구를 위한 선택지도 되지 못한다.

리더십 있는 사람이 되고자 할 때 선택지를 주는 척하며 사실은 상대가 좋아하는 것들로 구성해서 물어보아라. 그들이 거절할 이유가 없도록. 긍정적인 대답을 끌어낼 수 있는 의견을 묻는 것도 그들을

위한 배려이며 협상이 아닌 배려를 하는 당신을 자연스레 '리더'로
만들어 줄 것이다.

센스 있는 사람과 센스 없는 사람의 대인관계는 천차만별이다. 다시 말해 '센스'는 대인관계를 만들어 가는 아주 기본적인 '기초 단계'이다. 3장에 센스를 이루는 3가지 요소를 정확하게 익힌다면 당신의 대인관계 질은 더할 나위 없이 풍만해질 것이다.

PART
03

관계 브랜딩 : 센스의 기술

01

센스 에센스

〈당신을 빛나게 하는 것, 센스〉

피부 건강에는 기초가 중요하다. 세안 후 가장 먼저 발라 기초 피부를 탄탄하게 만드는 에센스처럼 대인관계에서도 가장 기초적인 부분을 차지하는 것이 있다. 바로 '센스'이다. 이 센스가 없이는 아무리 뛰어난 외모나 언변을 갖추고 있더라도 2% 부족한 느낌을 받을 수 있다.

센스란 '누군가를 대하는 마음가짐'과 직결하기 때문이다. 뛰어난 외모를 가지고 있어도 타인을 경계하는 사람이라면 사람들이 쉽게 접근하지 못할 것이며, 뛰어난 언변이 있더라도 상대를 이용하려고 드는 사람은 진심을 느끼기 부족하기 마련이다. 그만큼 센스란 상대를 어떻게 대하는가에 대해 진지하고, 진심 어린 자세를 요구한다. 하지만 일상생활에서 "눈치 빠르다", "에 살 있다(경상도 방언)", "센스 있다" 등으로 불리는 바로 그 '센스' 있는 사람이 되기 위해서 어떻게 노력해야 하는지는 어렴풋하기만 하다. 바로 센스는 타고나는 것이라고만 생각했기 때문이지 않을까 짐작해 본다. 저자 또한 센스 있는 사람과 센스가 무진장 없는 사람 두 분류의 사람이 존재한다고 믿었다. 센스에 대한 고찰과 나만의 이론을 적용한 결과, 두 유형의 경계가 사라지는 것을 직접 경험해 보았다.

만약 여러분도 센스 있는 사람이 되고자 한다면 다음 센스를 이루는 요소에 대해서 정확히 이해하고 넘어가길 바란다. 센스를 이루는 요소엔 크게 3가지가 있다. '센스는 센스일 뿐 아냐?' 하고 코웃음 칠 거라면 당신은 센스를 갖출 수 없다. 센스 있는 작은 행동으로 일어날 수 있는 변화를 기대해 보아라.

"첫 번째, 센스는 한 번 더 바라보는 것"

센스란 한 번 더 바라보고 지속적인 관심을 가지는 것이다. 맛있는 맛집을 공유하고 함께 탐방하는 맛집 동호회에 처음으로 나간 A는 낯선 이들 앞에서 부끄러움을 무릅쓰고 용기를 내 인사를 끝냈다. 박수와 환호 속에서 자리에 앉았지만 막상 앉고 나니 아무도 B에게 말을 걸어주질 않는 것이다. 기존 회원들은 마치 서로의 친분을 과시하듯 A를 배제하고 이야기꽃을 피웠다. 이런 분위기는 민망함을 느끼기 딱이었다. 딱히 처음 보는 이들에게 할 얘기도 없고 끼어들 수도 없어 A는 테이블 위에 놓인 음료수 캔만 만지작댔다.

그때 동호회의 리더 B가 A의 옆자리로 옮겨와 동호회 회원들을 한 명씩 소개해 주고 여태껏 방문했던 맛집 BEST 3에 대해 설명한다. 같은 테이블에 앉아있던 다른 회원들도 어느새 A와 리더 B의 대화에 집중하고 합류하였다. 덕분에 A는 꽤 재미있는 동호회 시간을 보냈고 집에 갈 때쯤 B에게 감사의 인사를 표했다.

"먼저 챙겨주셔서 고마웠어요."

여기서 한 가지 흥미로운 부분은 오늘의 일이 A가 B의 리더 자질을 인정하게 되는 계기가 된 것이다. B는 가입 후 혼자 앉아있거나 아무 말하지 못하고 있는 팀원들을 평소에 잘 챙겨 이탈 회원이 없는 파워 운영자로 손에 꼽혔었다.

일시적인 관심은 누구나 가질 수 있다. 하지만 리더 B와 같이 박수와 환호로 끝내지 않고 그 후의 상대를 한 번 더 바라보고 지속적인 관심을 가진다면 진정으로 센스 있는 사람이 될 수 있다.

"두 번째 센스는 말하지 않아도 아는 것"

두 번째 센스란 타인이 말하지 않아도 문제점을 알아차리는 것이다. 해 질 녘 노을을 바라보며 책을 읽는 것이 인생 취미인 A는 커피

한 잔을 마시며 책을 읽다가 때마다 들리는 소음에 또 일어난다. 생각해 보면 이사를 온 이후로부터 책을 제대로 읽어 본 적이 없다.

저녁시간마다 뛰어다니는 25층 아이들로 층간 소음에 시달리고 있다. 몇 주를 견디던 A는 이번에는 기필코 한소리 하겠다며 발걸음마다 분노를 담아 쿵쾅쿵쾅 계단을 올라갔다. 당장이라도 싸울 기세로 벨을 눌렀는데 문을 연 B는 A의 기분을 벌써 헤아리듯 아이들이 말을 듣지 않아 큰일이라며 죄송하다고 연신 사과를 하신다. 먼저 진심 어린 사과를 하는 B를 보니 미웠던 마음이 신기하게도 눌러졌다. 빼꼼 얼굴을 내고 B의 모습을 바라보던 아이들의 눈망울이 오히려 예뻐 보였다. 결국 "아이들이 다 그렇죠. 괜찮아요."라 말하고 돌아왔다. 며칠 뒤 A의 현관문에는 "저녁 시간을 방해해서 죄송합니다. 주의시키겠지만 혹시 소음이 또다시 방해되신다면 말씀해 주세요."

B의 손글씨가 그대로 적혀있는 포스트잇 메모와 함께 대문 손잡이에는 예쁘게 포장된 빵이 걸려 있었다. B는 아이들의 소음을 이후에도 감시할 뿐만 아니라 A가 괜찮다고 넘어간 문제에 대해 '역지사지'로 감정을 이입하여 말하지 않아도 먼저 알아채 주었다. A는 센스 있는 B의 행동에 자신의 취미가 방해된 것이 무의미할 정도로 큰 감동을 받고 혼잣말을 중얼거렸다.

"말하지 않았는데 어떻게 알았지."

굳이 말하지 않아도 문제점을 캐치해내는 것은 상대의 심리를 파악하는 고도의 기술이 필요하기보다는 한 번의 감정이입으로 충분하다. 한마디로 다른 사람의 처지에서 생각해 보는 '역지사지'의 마음가짐이면 두 번째, 말하지 않아도 아는 센스는 완벽하게 탑재할 수 있다.

두 번째 센스의 두 번째 예시이다. 인기 연애상담 프로그램 '연애의 참견 2'에서는 '싸움을 부르는 위험한 선물'로 서로를 위해 돈을 쓰며 선물을 하면 할수록 싸움이 일어나는 연인의 사연이 도착했다.

먼저, 남자친구는 여자친구와 함께하는 첫 생일에 도저히 용도를 모르겠는 난감한 선물을 받았다. 선물의 쓰임새를 알아보니 바로 문진(붓글씨를 쓰거나 그림 그릴 때 종이를 눌러 놓는 도구)이었다. 사용할 일이 전혀 없는 문진은 단순히 예쁘다는 이유로 구매한 여자친구 본인의 취향이었다.

다음 선물인 명품 쇼핑백 속 명품 구두는 평소 평발이라 구두는 엄두도 못 내는 남자친구에게 전혀 실용적이지 않았다. 선물을 받은 남자친구는 오히려 기분이 언짢았다. 평소에 자신의 스타일을 전혀 고려하지 않았다 느껴졌을 것이다. 세 번째 선물도 이들 사이에 문제가 되었다. 고가의 안마의자가 남자친구의 자취방에는 도저히 놔둘 수 없는 크기였기 때문이다. 이로써 누울 수도 다리를 뻗을 수도 없는 짐짝으로 취급되었고 남자친구는 여자친구가 비싼 돈을 주고 무 쓸모의 선물을 준다고 말했다.

여자친구의 입장이다. 센스 없는 건 마찬가지라 서두에 알리며 시작한 남자친구의 생일선물은 백화점 묵직한 쇼핑백과 다소 매치가 안 되는 실내화와 손 소독제였다. 생각지도 못한 생뚱맞은 선물은 오히려 그날의 맛집과 좋은 곳에서 느꼈던 감동적인 마음을 파괴하였다. 1주년 기념일엔 짐볼과 체중계를, 그리고 주로 카드를 이용하고 현금을 쓰지 않는데 황금색 돼지 저금통을 선물 받았다. 선물의 의미를 생각해 보던 여자친구는 돈을 아껴 쓰길 원하는 남자친구의 마음으로 받아들여져 기분 상했다.

여자친구는 남자친구의 입장이나 관심사를 몰랐고 실용성도 전혀 생각해 보지 않았다. 남자친구는 여자친구의 습관, 생활방식에 필요한 선물을 했다고는 하지만 선물의 의미를 디테일 있게 파악하지는 못했다. 서로 선물을 준비하기 위해 돈과 시간을 소비했음에도 상대의 고마운 마음을 얻지 못한 사연에 대해 MC들은 안타까움을 표했다. 상대의 입장에서 생각하고 선물에 대한 기준을 정하기, 받고 싶은 선물 리스트 작성 등을 대안으로 내놓았다. 저자도 사연을 보며 선물 받을 상대의 마음까지 생각하는 섬세함이 부족하다 느꼈다. 차라리 상대가 필요로 하면서도 선물의 가치를 충분히 받아들일 수 있는 디테일적인 선물을 했다면 어땠을까?

좋아하는 것 vs 싫어하는 것을 솔직하게 말하지 않던 예전에는 선물이면 선물을 준 사람을 생각해서 탐탁지 않더라도 고마워했다. 요즘은 '선물'의 의미가 다소 바뀐 듯하다. 선물은 본인이 원하는 것을 받고 진심으로 기뻐하는 것으로 생각하는 지금은 애초에 필요한 선물을 직접 말하는 추세이다. 심지어 카카오 톡 선물하기 기능에는 직설적인 시대 흐름에 맞춰 받고 싶은 선물을 담아놓을 수 있는 시스템까지 구축했다. 포털 사이트 네이버에는 연인과의 기념일이나 생일선물을 검색할 때 연인의 나이, 취향을 옵션 사항으로 설정할 수 있다. 데이터베이스를 통해 선물을 '잘' 주고받을 수 있도록 도와준다.

시대에 따라 선물 하나도 디테일 있게 하기를 권하며 검색어에는 '센스 있는 선물'이 수식어로 죄다 뜰 정도로 센스의 중요성을 알려준다. 자신이 좋아서 주는 선물이 무조건 상대가 좋아할 선물은 아님을 일찍이 깨닫자.

앞서 말한 것과 같이 말하지 않아도 아는 것이 센스라면, 선물을 할 때도 상대의 위시리스트를 확인해 보거나 디테일 있게 상대를 관찰해 선물로 좋아할 만한 선물을 하는 것이 어떨까?

"세 번째 센스란 타인의 상황에 동참하는 것"
진정한 공감을 통해 '이왕 해 줄 거면 잘해 줘라'는 것이다. 도와주는 것이 아니라도 대신 해 주기로 한 상황에 동참해 줘라.

A가 며칠 전부터 중요한 회의 자료를 열의를 다해서 준비했다. 회의 당일 동료들과 모닝커피를 한잔하는데 자료를 잃어버렸다는 것을 직감했다. 얼굴이 사색이 되어서 서랍을 몇 번 여닫고 뒤적거리고 이내 사무실에 있는 공간을 빠른 걸음으로 들락날락하였다. 그 모습을 사무실에 있는 동료들이 모두 함께 보았는데 정작 아무도 물어 봐주거나 관심 가지지 않았다. 이때 B가 자리에서 일어나 같이 찾아보더니 방금 커피잔 밑에 깔아 놓은 A4용지 무더기를 건네준다.

A는 말한다. "어! 제가 그것을 필요로 하는 걸 어떻게 알았어요?" B가 중요한 자료를 찾아 준 것도 고마웠지만 사실 A는 무관심 속에서 혼자 허둥지둥할 때 자신의 상황을 알고 함께 움직여 주는 모습에 더 감동받았다.

B는 사람들에게 센스 있는 사람으로 통한다. B가 그럴 수 있는 이유를 알아보자. 문제에 도달한 A를 해결해 주겠다는 사람이 없을 때 오직 B만이 관심을 가졌고 직접 문제 해결에 동참했다. 때로는 주변에 열심히 말로만 '동참'하는 사람들이 있다. 입으로만 열의를 다해 함께하지 정작 팔 걷고 행동으로 실천해 주지 않는다. 이 같은 경우가 몇 번 반복되면 이들에게 더 이상의 신뢰는 쌓을 수가 없으며 오히려 센스 없는 사람으로 낙인찍는다.

센스 있는 사람과 센스 없는 사람의 대인관계는 천차만별이다. 다시 말해 '센스'는 대인관계를 만들어 가는 아주 기본적인 '기초 단계'이다. 센스를 이루는 3가지 요소를 정확하게 익힌다면 당신의 대인관계 질은 더할 나위 없이 풍만해질 것이다.

02

감사보다 감사 플러스

〈먼저 말을 건네라〉

여행을 계획한 A와 B 그리고 C와 D의 이야기이다.

A는 운전면허가 없는 친구 B를 대신해 운전을 담당하게 되었다. 여행을 떠나기 전 넘치던 에너지는 장거리 운전으로 인해 서서히 고갈되고 슬슬 피곤함이 몰려오기 시작했다. 티를 내면 괜히 B가 불편할까 애써 컨디션 좋은 척을 하는 와중에 조수석에 앉아있던 B가 피곤하다며 이내 깊은 잠에 빠진다. A는 말동무도 없이 운전하려니 잠이 몰려왔고 숙면 중인 B에게 무심함이 느껴져 서운한 감정이 느껴졌다. 휴게소에 들른 A는 결국 B에게 마음을 털어놨다. 친구의 대답은 예상과 사뭇 달랐다.

"내가 면허가 없는데 어쩔 수 없는 거 아니냐? 피곤한데 운전을 하지 않는 나도 잠을 자지 못하고 있어야 하는 거냐?"

A는 당황스러웠다. 사실 B가 조금만 운전하는 자신을 신경 써주었다면 휴식을 취하라며 먼저 말했을 거고 이 역시 문제 삼을 생각이 없었기 때문이다. 사소한 표현 하나가 센스가 부족하여 서로의 관계를 무너뜨린 예가 되었다.

다음은 여행을 몇 번이고 동행했지만 트러블이 일어나지 않은 친구 C와 D의 얘기이다. 여느 때처럼 또 함께 여행을 계획한 C와 친구 D. D도 아직 면허를 따지 못했다. C는 당연하게 자신이 운전한다. 톨게이트를 지난 지 한 시간이 지나자 눈꺼풀이 무거워진다. 조수석에 앉은 D는 C의 피곤함을 눈치채고 옆에서 졸지 않게 끊임없이 대화를 걸어주며 C가 좋아하는 노래까지 틀어주었다. 복잡한 길에서는 내비게이션을 보고 길잡이가 되기를 자처하고 교통 상태까지 봐주며 편안하게 운전할 수 있도록 해 주었다. 잠시 들른 휴게소에서 운전을 못 하는 자신 때문에 고생하는 것에 대한 고마움을 말하며 C가 좋아하는 음료까지 건넸다.

"피곤하지 않아? 운전은 내가 하면 되니까 너는 이제 조금 눈 붙여도 돼." 음료를 건네받은 C도 D에게 컨디션을 물었지만 "아니야 내가 자버리면 너는 얼마나 피곤하겠냐."라며 목적지에 도착할 때까지 C와 함께 농담 따먹기 하길 원했다.

어떤가? 상상만으로도 편안함이 느껴지는 여행이다. 이들의 관계는 아마도 여행 친구 그 이상의 친구관계로 오래 유지될 것이다. C는 C대로 본인이 할 수 있는 배려를 하였고 마찬가지로 D는 D대로 감사한 마음과 행동을 보여 주었다. 먼저 배려하니 더 큰 감사를 받고 먼저 행동하거나 인사함으로 더 큰 감사의 마음을 전했다. 차에 탄 동승자가 할 수 있는 센스는 몽땅 발휘한 듯한 D는 단순한 감사 이상으로 느껴진다. 비록 운전하지는 않았지만 운전하는 것 못지않게 고생하고 C를 챙겼다고 볼 수 있다. D의 행동으로 인해 C는 생색내고 싶었던 하루의 고생을 잊었고 함께 여행 온 것만으로도 만족했다.

상대는 내가 먼저 감사할 때 더 큰 감사를 느낀다. 이러한 감사에서 한 단계 더 나아가 그에 맞는 행동까지 겸하는 '감사 플러스'를 실천할 줄 아는 사람은 충분히 사랑받는다. 사람들은 조금이라도 더 자신의 노력이 담긴 행동에 대해 생색내고 싶어 한다. 어떨 땐 그 모습이 보기 싫어 부탁했던 것을 괜히 후회하며 도움을 받기 전으로 돌이키고 싶다. 결국에는 당신에게 감사의 말을 듣고 싶어서인데 이럴 때 당신이 먼저 감사 플러스 행동으로 마음을 전해 보자. 생색내고 있는 그가 보일 반응이 분명 달라질 것이다.

조수석에서 할 수 있는 감사 플러스
: 내비게이션과 사각지대 확인해 주기

: 운전자가 피곤해하는 상황이라면 졸음쉼터를 검색해 주거나 흥미

  유발하는 말 걸어주기

: 차를 더럽히지 않으며 본인이 발생시킨 쓰레기 가지고 내리기

: 손이 자유롭지 않을 때 음료 건네기

: 기름값 1/n 또는 수고한 만큼 식사 대접하기

: (운전이 가능할 시) 번갈아 운전하기

〈감사의 말에 행동을 더하라〉

대다수 사람은 감사한 마음을 표현할 때 별다른 생각이나 특별함 없이 전달한다. 조금만 신경 쓰면 상대방의 마음을 사로잡는 계기가 될 수 있는데 무작정 '감사합니다.' 말 한마디만을 한정적으로 생각한다. 그렇다면 상대의 마음을 사로잡는 이들이 감사를 전달하는 특별한 방법은 무엇일까? 아래 실제 예를 통해 그들 사이에서 감사할 때 지켜지는 3가지 특징을 알아보자.

관광지로 떠오르는 경치가 아름다운 명소에 가면 삼삼오오 짝을 지어 사진 촬영을 요구하는 사람들이 많다. 사진을 잘 못 찍는데도 불구하고 부탁을 하니 찍어주지 않을 수도 없는 상황이 연속된다. 결국에 카메라를 건네받고 이리저리 각도와 자세를 바꿔가며 셔터를 열심히 눌러댄다. 카메라를 돌려준 후 액정 속 사진을 확인한 이

들은 입으로는 감사하다 말하지만 사실 표정은 썩어있다. 감사하다 말만 하면 뭐하나. 마음에 내키지 않다는 표정을 보이며 저리도 티를 팍팍 내고 있는데. 최악의 경우에는 내 앞에서 재촬영을 부탁할 사람을 수색한다. 이럴 때 감사의 말은 들었는데 이상하게도 기분이 좋지 않다.

또다시 근처를 걷고 있는데 또 다른 커플이 다가와 사진 촬영을 요청한다. 앞서 사진을 찍어 주고 기분이 상해버렸기에 거절했는데 서로의 사진을 남기고 싶은 이 커플은 실력과 상관없다며 재차 부탁했다. 아까보다 조금 더 성심껏 찍었지만 사진 실력이 금방 느는 것이 아니기에 좀 전과 사진이 다를 게 없었다. 하지만 커플의 반응은 이전과 달랐다. 오히려 카메라 액정을 이리저리 넘기며 흡족해했다. 말 그대로 언행일치의 순간이었다. 이들이 건네는 감사의 인사는 환한 웃음과 행동으로 진심이 느껴졌다. '감사합니다.' 똑같은 문구였지만 듣는 이에게 새로이 다가오는 비결은 과연 무엇일까.

첫 번째는 진심으로 감사하는 것이다. 보통의 사람은 진심의 감사와 예의상 감사를 구별할 줄 안다. 앞서 언행이 일치하는지 불일치하는지를 설명했다. 고마운 일 감사한 일이 있을 때 우리는 마음을 표현한다. 말을 통해서 행동을 통해서 표정이나 어투를 통해서도 마음은 전달할 수 있다. 어떤 이들은 수단을 중요하게 생각하기도 한다. 하지만 그보다는 '언행일치'가 가장 중요시되어야 한다. 적당히

일치하지 않을 때 우리는 오히려 감사를 전하는 상대에게 반감이 생긴다.

두 번째 특징은 감사함을 말로 그치지 말고 행동으로 전달하는 것이다. 단순 떠봄이 아니라 행동하는 것이다. 앞의 사례와 이어서 말하겠다. 혼자 온 당신도 내심 기념사진을 남기고 싶었는데 커플이 당신의 마음을 콕 짚어 사진을 촬영해 주겠다며 다가온다.

만약 "찍어드릴까요?"라고 묻기만 했으면 혼자 멋쩍게 서 있기가 어색해서 도리어 괜찮다며 자리를 떠났을 수도 있다. 하지만 이들은 "한번 찍어드릴 테니 저에게 카메라 주세요."라며 당신에게 손을 건네었다 가정하자. 아마 당신은 못 이기는 척 편안하게 사진 촬영을 부탁할 수 있지 않을까?

어떤 사람들은 감사하다 인사할 때 때로는 속에 없는 말로 상대를 떠보는 경우가 있다. 본인이 도움을 받았으니 베풀겠단다. 나아가 어떤 이들은 한술 더 떠 몇 배로 갚겠다며 호언장담하기도 한다. 사실 기꺼이 도움을 내미는 사람은 몇 배로 갚는 건 바라지도 않는다. 오히려 감사의 마음을 전하면서 떠보지 말고 행동하는 것을 바란다. "이렇게 해 줄까?", "혹시 이거 원해?" 실컷 물어보더니 실제로 행하지 않거나 행할 때가 되었을 때 입을 싹 닦는 사람을 보면 눈살 찌푸려진다. 진심으로 감사를 표하고 싶다면 묻지 말고 행동하라.

마지막으로 감사 인사에는 내성이 없다. 감사 인사는 언제 들어도 좋고 언제 해 줘도 좋다. 익숙하다고 해서 어리다고 해서 나와 친하지 않다고 하지 않는 것은 사실 익숙함에 속아 소중함을 잃는 것과 같다. 가끔 모르는 사람에게는 감사하다는 인사말이나 고개 숙여 인사하는 자신의 모습을 낯설어하는 사람들이 보인다. 이는 어린아이가 눈에 익숙하지 않은 사람에게 인사하는 것을 부끄러워하는 모습과 흡사하다. 이 책을 읽고 있는 당신이 미성숙한 어린아이가 아니라면 상대를 가리지 않고 감사함을 표현하라고 말하고 싶다.

감사한 마음은 어떤 마음보다도 크게 다가온다. 나의 마음을 상대가 알아주었다는 만족감, 자신의 언행이 상대에게 만족감을 주었다는 보람, 감사를 통해 더 큰 감사로 이어지는 관계의 원만함, 감사 인사가 감사 플러스 인사가 된다면 당신의 관계도 그저 그런 관계가 아닌 서로에게 시너지 효과를 주는 '플러스 관계'로 바뀔 것이다.

진심으로 감사를 표하고, 행동의 감사로 되돌려 주는 일련의 '감사 과정'이 아무런 내성이 생기지 않은 채 반복된다면 그 어떤 관계보다도 서로를 위하는 관계로 이어질 것이다. 이제부터 지나가듯 "감사합니다." 인사하지 말고, 여러분의 앞에 있는 이에게 진심으로 감사를 표하는 마음을 가져보는 건 어떨까.

03

거절당하지 않는 부탁

〈당신을 움직이는 부탁〉

"No man is an island"

영국 한 시인의 시구절이다. 인간은 결코 홀로 살아갈 수 없는 사회적 존재라는 뜻이다. 사람은 사회적 동물로서 사람들과 어울려 살아간다. 자신의 모든 방면에 있어 완전할 수 없기에 사람들은 서로에게 의지해 부탁하기도 하고, 부탁을 들어주며 지내왔다.

현대의 다양한 서비스 산업과 상품들은 바로 이 '부탁'에서 시작했다. 무거운 물건을 옮겨 달라는 부탁이 현재에 유통업, 그림을 그려 달라는 미술, 무리를 이끌어 달라니 정치가 되었다. 우리는 이렇게 부탁의 전성기에 살아가는 중이다. 이렇게 부탁이 중요함에도 우리는 상대의 부탁을 한 번에 거절하거나, 상대에게 쉽게 부탁하여 불편한 인간관계를 형성하고 있다. 부탁은 삶을 지탱하는 큰 요소 중 하나이다. 상대방의 시간과 노력 등 많은 부분을 빌려오는 것이기에 정중해야 하고, 조심스러워야 한다.

오랜만에 연락이 온 친구가 전화나 SNS로 대뜸 부탁할 것이 있다고 한다. 오랜만인 것도 서운한데 이렇게 갑자기 돈을 빌려 달라는 들이대기 식의 부탁이라면 들어주기는커녕 답변하기까지 꺼려진다. 두서가 전혀 없는 이 연락은 차라리 답변하지 않은 채 그 상태로 놔두는 게 최선책이라 판단될 수 있다. 이처럼 도움 받기는커녕 부탁하고자 하는 사람과의 관계가 단칼에 끊기고 싶지 않다면 부탁이라는 것을 그만큼 심사숙고한 뒤에 결정하자.

먼저 상대의 마음을 열 수 있는 이야기로 시작하는 것이다. 지금 들어줄 수 있는지, 경계심 가지고 있는 상태는 아닌지 부탁을 들어줄 수 있는 상황인지 묻는다. 그리고 소소하게 오늘의 일과를 말하며 상대의 의중을 파악한다. 계산적이라고 생각되어도 상관없다. 원래 부탁은 자신이 원하는 이익을 얻어오는 것이기 때문에 상대가 부탁을 들어줄 수 있는 상황인지 파악하는 것은 매우 중요하다. 이렇게 하지 않는 것이 어리석고 이기적으로 보일 수 있다. 이는 단지 경계심을 풀기 위함이 아니라 상대방을 한 번 더 배려하기 위함이다.

혹 부탁을 거절하지 못하는 사람일 경우에 당신의 부탁이 그 사람의 일과를 한층 더 각박하게 만들 수 있기 때문이다. 이렇게 상대방의 의중을 파악한 다음에는 부탁의 말을 꺼낸다. 부탁의 경중에 따라 다르겠지만 가벼운 부탁도 때로는 자리를 마련하는 것이 우선이다. 전화나 SNS로 하기보다는 만남을 통해 부탁한다면 조금 더 예의 갖춘 부탁으로 느껴진다.

특별히 카페나 음식점에서 만나라는 것은 아니다. 부탁하기 좋은 장소를 조심스레 선정한다. 부탁은 1:1로 성립되는 가상의 계약이다. 따라서 누군가에게 이러한 사실을 공개적인 장소 노출되는 장소에서 하게 될 때는 상대방이 난처할 수 있다. 그 상대방이 억지로 계약서에 도장을 찍어야 하는 상황이 연출된다.

예의를 갖춘 부탁은 쉽게 거절당하지 않는다. 다음으로 약속 장소에서 만나고 인사를 하였대도 곧바로 용건을 말하지 않는 것이 좋다. 대화가 무르익어갈 때 본인의 상황 설명을 이어나가며 정중하게 부탁하라.

다음은 '매너' 다. 매너 있는 모습으로 부탁하면 오히려 상대가 당신의 부탁에 미안한 감정을 느낄 수도 있다. 사실 아이러니하다. 부탁을 들어주는 사람이 미안하다고? 자신의 어려움을 정중하게 얘기한 뒤 부탁을 수용한 상대방은 당신의 어려움을 누구보다 잘 이해하게 된다. 따라서 그저 부탁을 '이행하겠다.' 가 아니라 당신의 어려움에 혹은 당신의 수고를 덜어주겠다는 의지의 표명이 되는 것이다.

그래서 부탁을 완전하게 들어주지 못할 때 상대가 미안함을 느낀다. 매너 있게 부탁하는 데에는 몇 가지 규칙이 있다.

첫째 상대에게 준비 시간을 미리 공지한다. 대신 촉박한 시일을 강요하지는 않는다. 만약 준비 시간 없이 당장 오늘내일을 이야기한다면 매너 없는 부탁으로 치부되어 거절당한다. 게다가 어떤 사람은 본인이 부탁에 대한 약속 날짜가 다가오지도 않았는데 부탁의 진행 정도나 과정에 대해서 물고 늘어진다. 이는 굉장히 무례한 행동이다. 빚쟁이에게 쫓기고 있는 듯한 불쾌감을 준다.

둘째 매너를 겸비하는 부탁을 하기 위해서는 지금 당신이 하려던 부탁을 객관적으로 바라보아야 한다. 그리고 부탁할 사람과 당신의 관계를 따져본다. 과연 부탁을 감당할 수 있을 정도의 사람인지 부탁으로 인해서 도리어 멀어질 사람은 아닌지 혹시 실례는 아닌지 아무리 급한 상황이래도 한 번 더 고민하고 결정하자. 만약 나와의 관계가 부탁할 만큼 깊지 않다면 상대는 당신과 대면하고 있는 그 자리 그 자체가 굉장히 당혹스러울 것이다.

마지막 규칙은 부탁에 대한 책임은 어디까지나 자신에게 있다. 부탁은 계약이 아니다. 부탁했다고 책임을 상대방에게 전가하는 경우가 있는데 이런 마음가짐을 가진 사람의 부탁은 훗날 책임져야 한다는 불안감에 섣불리 들어주기가 어렵다.

A는 친구 B의 집 근처 세탁소에 한복을 맡겼다. 드라이가 완료된

후에도 도무지 가지러 갈 시간이 나지 않아 B에게 한복을 대신 찾아 달라 부탁했다. 그런데 하필 그날 B의 회사 전무님의 방문으로 SNS 하나 보낼 틈 없이 업무를 처리하였고 2시간이나 퇴근이 늦어졌다. 그사이 동네 세탁소는 문이 닫혔다. A는 그 사실을 안 뒤 다음날 제사에 입어야 할 한복이 없다며 큰소리친다. 그리고는 B에게 한복을 구해 달라고 요구했다. B는 자신의 주변 친구들에게 이리저리 물어봤지만 당장 내일 입을 한복 대여는 어려웠다. 그러던 중 갑자기 정신이 번쩍 들며 한마디를 내뱉었다.

"내가 이걸 왜 하고 있지?"

그렇다. A는 부탁하면서 책임까지 전가하였다. 어디까지나 본인의 부탁에 대한 책임은 본인에게 있음을 간과해서는 안 된다. 설령 상대가 부탁을 제대로 완수하지 못했다고 하더라도 그로 일어난 모든 일의 책임은 자신에게 있다. 자신이 미리 했다면 일어나지 않았을 결과다. 때로는 부탁을 자신의 권리처럼 주장하는 이들이 있다.

거절당하지 않는 부탁을 하기 전에 먼저 부탁하지 않는 습관을 들여야 한다. 부탁은 내가 할 수 있는 일을 대신시키는 것이 아니다. 충분히 할 수 있음에도 불구하고 부탁하는 경우가 훨씬 많기 때문이다. 혹 자신의 역량에서 벗어난 일에 대해 부탁하게 되는 경우도 상대가 당신의 부탁을 들어줘야만 하는 이유가 생긴다고 착각해서는 안 된다.

어떤 경우에도 당신의 부탁에 호의를 베푼 사람에게는 상처 주지 말자. 상대가 부탁을 수용한 것만으로도 당신은 그 사람에게 사랑받고 있음을 기억하며 부탁의 결과가 좋고 나쁘다고 해서 그 사람과의 관계까지도 좋고 나쁘게 바뀌어선 안 된다.

거절당하지 않는 부탁을 하고 싶은가? 그럼 감정을 호소하고자 눈물 쏟거나 이유 거리를 찾으려 머리 굴리지 말고 부탁의 예의와 매너를 겸비하고 책임을 전가하지 않는 부탁을 하자. 당신의 어려움을 이해하고 공감하고자 애쓰는 이들이 당신의 관계 속에 있다면 그들은 언제든 '예스'로 답할 것이다. 끝으로 자신의 노력으로 자신이 할 수 있는 일은 자신이 하는 것이 기본 원칙이다.

04

친절한 거절

〈변명하지 말고 설명하라〉

왜 우리는 부탁을 받으면 변명하기 급할까? 왜 들어줄 수 없는지 자신이 어떤 상황인지 하나부터 열까지 구구절절 말을 늘어놓는다. 우리가 오해하고 있는 사실 중 하나는 거절할 때 변명을 하면 그나마 상대에게 덜 미안해진다는 것이다.

사람들은 부탁을 받았을 때 상대와의 친밀도나 믿음과 확신 그리고 부탁하는 사람의 주변 평가, 본인의 경제적 시간적 상황에 따른 부탁 가이드라인이 있다. 라인 안쪽의 부탁은 별다른 문제가 없을 때 수월하게 넘어가 도움의 손을 뻗어준다. 문제는 가이드라인 바깥의 부탁이다. 앞서 우리는 부탁에 대한 몇 가지 규칙을 알아보았다.

부탁하는 이의 입장에서 벗어나 이제는 부탁을 거절하는 입장이 되어보자. 무조건 부탁에 대해 거절하라고 말하는 것은 아니다. 하지만 거절해야 할 때를 모르거나 정중한 거절을 하지 못한다면 당신의 관계는 산처럼 쌓인 부탁으로 뒤덮여져 갈 것이다.

며칠을 밤낮으로 일한 까닭에 A는 컨디션이 극도로 다운되어 있는데 옆 동네로 이사 오는 B가 짐을 함께 옮겨달라고 부탁한다. B는 A와 알게 된 지도 얼마 안 되었으며 그럴싸하게 친한 친구도 아니었다. 당신이라면 피곤한 몸을 이끌고 기꺼이 이사를 도와줄 것인가. 아니면 단칼에 거절하거나 연락을 못 본 채 할 것인가.

우리는 비슷한 상황에 놓인다면 이 핑계가 나을지 저 핑계가 나을지 핑곗거리를 찾으려 애쓴다. 거절로 상대에게 실망감을 주기 싫기 때문이다. 그래서 우리는 조금이라도 나은 변명을 찾아본다. 갑자기 가족이 아프고, 상사로부터 엄청난 양의 업무를 급하게 지시받고, 요청하는 날에 멀리 여행이 계획되어 있다는 말도 안 되는 변명의 레퍼토리 속에서 허덕인다. 어떨 때는 거절하기 위해 변명하다가 큰 거짓을 만든다.

A는 결국 B의 부탁을 거절해야겠다고 마음먹은 후 할머니가 편찮으셔서 오늘은 시골 할머니 댁을 간다며 아쉬움을 표했다. 그리고 침대 위에서 휴식을 취하다 C와 저녁을 먹을 겸 음식점에 방문했다. 이전 상황을 모르는 C는 SNS에 나와의 사진을 신나게 업로드 했다.

아니나 다를까 이사를 끝낸 B가 연락이 왔다.

"너 시골 간 거 아니었어?" 이리저리 머리 굴려서 또 다른 변명을 하게 생겼다. C와의 식사는 오늘이 아니었다며 둘러대는 A는 괜히 거짓말한 것을 들킨 아이처럼 덜덜 떨리고 식은땀이 났다.

이런 경우는 일상에 빈번하게 일어날 법한 사건이다. 처음부터 좋지 않은 컨디션으로 불가피하다며 설명하고 거절했다면 거짓 변명으로 일어날 뒷일을 수습할 일은 없었을 텐데 A는 아쉬운 마음을 주체할 수 없었다. 때때로 우리는 딱히 부탁을 들어주지 않는 것이 잘못도 아닌데 변명거리를 찾는 나의 모습에 스스로 실망하기도 한다. 이제부터는 친절한 거절로 당당하게 부탁 상황을 직면하자. 거절할 때 왜 솔직하게 상황을 설명하는 것이 중요한지는 이미 알고 있다. 거절은 또 하나의 부탁이기 때문이다. 따라서 상황을 모면하고자 하는 변명이 아니라 상황을 진실로 설명해야 한다. 이것은 부탁할 때와 똑같이 적용된다. 거절하면서도 친절하게 거절하는 것은 또 하나의 부탁이다.

상대를 상처 입히지 않는 거절에는 몇 가지 화법이 있다. 그중 우리가 바로 실천할 수 있는 것이 '쿠션 화법'이다. 2장 4절 '다채로운 대화 : 화법 익히기'에서 이미 다뤘던 '쿠션 화법'은 상대방에게 부정적인 내용을 전달해야 할 때 공손한 표현을 쓰고 부정적 느낌을 완화해서 전달하는 것이다. 불가능한 상황을 솔직하게 설명하면서도 상대방의 기분을 상하지 않게 하는 방법이다.

"친구야 정말 미안한데 당장이라도 도와주고 싶지만 내가 오늘 컨디션이 좋지 않아서 도와줄 수 없어. 미안해."

별다른 핑계를 대기보다는 솔직하게 자신의 상황을 말하고 거절했다. 사실 이렇게까지 말하는 친구에게 도와주지 않는다며 큰소리칠 사람은 없다. 부탁하는 사람도 어려움을 용기 내어 꺼냈기에 거절하는 마음 또한 충분히 이해해 줄 것이다. 쿠션 화법은 업무처리에서도 적용할 수 있다. 거래처의 난감한 부탁에는 "죄송합니다만 지금 제 상황이 도와드릴 수가 없습니다. 내일까지의 프로젝트가 있어서 도저히 시간이 나지 않아요. 그렇지만 다음에 기회가 된다면 제가 도와드릴게요."라며 거절할 수 있다. 변명하지 않고도 충분히 거절할 수 있는 것이다.

공손한 표현과 긍정적인 말로 거절의 의사를 전달하는 대답은 거절을 내포했더라도 부정적 느낌이 줄어 전달된다. 어떻게 거절하느냐가 중요한 것이지 거절로 인한 상대방의 반응이나 상처를 겁내지 마라. 오히려 거절하기 위해 늘어놓은 변명이 거짓임을 알았을 때 상대가 받을 상처의 깊이가 더 깊을 수 있다.

반면 거절이 힘들어서 무조건 동의하는 사람도 있다. 부탁으로 인한 기회비용이 큰 경우, 그래서 꺼려지는 부탁은 당신이 피 보기 전에 꼭 피하라.

〈확실하게 거절하지 않으면 동의한 것과 같다〉

때로는 확실하게 거절을 하지 못해 오해가 생길 수 있다. A는 분명히 달갑지 않은 불편한 부탁에 대한 거절의 의사를 표했다. 그리고는 B가 당연히 눈치껏 알아들었을 거라 생각했다. 며칠 뒤 당연하게 제 손을 떠난 부탁이라 생각하던 중 기다릴 수 없다며 본인의 부탁을 잊어먹은 것이 아닌지 물어보는 B. A는 엄청나게 당혹함을 느꼈다. 그리고는 서로 오해가 있었다는 것을 깨닫고 상황을 정리해 보려 하지만 자신이 기다린 시간에 대해 B는 A에게 큰소리쳤다. 그렇다. B는 눈치껏 알아듣지 못하고 자신의 부탁을 A가 동의했다고 받아들였다. 이번 일을 계기로 A는 들어주지 않을 부탁이라면 확실하게 거절을 하겠다며 다짐했다.

우리는 상당수가 애매모호한 거절로 생기는 불편한 결과를 경험해 보았다, 부탁을 받았던 일부의 사람들은 오히려 일찍 대답해 주지 못해 미안하다는 말을 하기도 한다. 시간을 탓한다면 무시하고 넘어가면 될 것을 때로는 금전적 손해배상을 청구해 당혹스러움을 선사하기도 하니 '거절'을 무턱대고 쉽게 생각해서는 절대 안 된다는 것을 배운다. 하지만 그렇다고 막무가내 안하무인으로 거절하자니 어떤 이들은 사이가 틀어지면 나에게 막대한 영향을 미칠 관계라 이것도 어렵다. 지금부터는 확실하게 거절을 하여 시간과 비용 그리고 감정의 낭비를 하지 않도록 주의하자.

첫째 경청하고 맞장구치자. 부탁하러 오는 사람은 심사숙고하고 이 자리에 나왔을 것이다. 무슨 이유에서든 자존심을 내려놓고 아쉬운 소리를 내비치러 온 사람에게 듣지도 않고 거절을 한다는 것은 너무도 가혹하다. 이왕 자리에 나온 김에 상대의 상황을 들어주고 공감해 줘라. 묻지도 따지지도 않고 거절을 말한다면 모든 걸 보여준 당신에게 부끄럽고 나아가 수치스러움을 느낄 것이다.

둘째 잠시 고민하자. 그 즉시 대답을 하지 않고 충분히 고민을 해 보겠다는 뉘앙스를 전달하는 것이다. 하지만 오랜 시간을 지체하게 되면 상대방은 은근히 당신에게 기대할 수 있다. 어쩌면 부탁하는 사람은 다른 사람에게 할 수 있는 부탁의 기회를 잃게 되어 후에 손해배상 청구를 할 수도 있다. 부탁한 시기에 따라 고민하는 시간은 달리 가져보자. 1시간 뒤의 일이라면 1~2분 안에 말해 주고 일주일 뒤의 일이라면 반나절, 한 달 두 달 뒤의 부탁이라면 최대 3일을 넘기지 않도록 해 보는 것이다. 부탁에 따라 최대한 단기간의 시간을 요구하자. 권장하는 시간은 하루~3일까지면 충분하다. 함께하는 자리에서 일어났다면 이때부터는 최대한 빨리 거절의 의사를 표하는 것이 바람직하다.

셋째 자신의 능력 혹은 권한 밖임을 설명하자. 오랫동안 유지하고 픈 관계의 부탁이라면 최종 결정권자가 '나'가 아님을 인지시키자.

거래처에서 어려운 부탁을 한다면 팀장님이나 내부 프로세스 사정을 말하고 책임자의 반대로 성사되지 않겠다며 상대에게 아쉬움을 표하는 것도 좋다. 친구의 늦은 밤 약속, 금전 부탁과 같은 불편한 부탁은 남편이나 아내 또는 가족의 허락을 받아야 한다고 알리자. 나의 의사와 상관없이 허락을 받아야 하는 존재가 있어 별다른 도리가 없음을 전달한다면 거절할 때 마음이 한결 편해진다.

넷째 '해 볼게'는 절대 금물이다. 당장 거절이 어려워서 가장 많이 이용하는 방법이다. 큰 부작용을 가져올 수 있는 회피 형 승낙은 추후 상대방의 또 다른 기회 박탈은 물론이고 좋은 결과가 나오지 못한 책임을 떠안을 수 있다. 확실하게 거절은 어렵더라도 책임지지 않을 일이면 시도해보겠다는 기대감을 주지도 말자. 심할 시에는 본인 자책의 순간이 생길지도 모른다.

마지막으로 말투와 표정에도 신경 쓰자. 여기에는 이유가 몇 가지 내포되어 있다. 상대와의 관계를 정리할 마음이 없다면 굳이 상대방의 마음을 다치게 하지 않기 위해서다. 급격한 표정 변화를 피하는 것은 이성적인 판단을 내리고 있음을 보여주기 위함이다. 배려하는 말투 등의 모습이나 마무리 인사가 중요한 이유는 우리가 평생을 살아가며 어느 순간에 당신과 그가 다시 만나고 또 어떤 관계를 꾸려갈지 모르기 때문이다. 얼마든지 당신이 그에게 부탁하는 입장이 될 수 있다.

부탁을 들어준다고 해서 관계가 깊어지는 것만은 아니다. 친절한 부탁으로도 관계가 유지될 수 있고, 거절했음에도 언젠가 내가 하는 부탁에 상대가 응할 수도 있다. 위와 같이 친절한 거절을 한다면 동의하지 않았음에도 건강한 관계를 유지하게 된다.

거절에 대한 부담감은 누구나 가지고 있다. 다만 어떻게 조금 더 친절하게 거절하는가에 따라 달라진다. 처음에는 어렵다. 하지만 애매모호한 당신의 거절이 상대를 더 곤혹스럽게 만들 수 있다는 것을 명심하자. 당신이 그를 정말 위한다면 부탁에서도 관계와 같이 맺고 끊음을 분명히 해야 한다.

책임감, 앞장서서 욕먹기

〈어차피 먹을 욕이라면 차라리 영웅이 돼라〉

"너희 애가 문서에 풀을 묻혀 흘리는 바람에 우리 애가 혼났잖아!"

눈물을 글썽이며 웃는 인턴 장그래. 그리고는 혼잣말로 중얼거린다.

"우리 애라고 그랬다. 우리 애."

사회 초년생들의 회사 생활을 모티브 삼아 적나라하게 그린 웹툰 '미생'. 몇 년이 지남에도 여전히 인턴과 계약직, 정규직 할 것 없이 모두의 공감대를 형성하고 눈물까지 훔치도록 만들어 인생 드라마로 평가된다. 고졸이란 학력으로 인턴에 합격한 장그래는 정 시간에 출근해서 그럴싸한 일은 해 보지도 못한 채 퇴근하는 '월급루팡' 생활을 반복한다. 아무래도 신입사원에게 일감을 주기엔 실력이 미심쩍다. 게다가 상무님과 불편한 관계로 좋은 평가를 받지 못하고 있는 영업 3팀의 오 과장님은 장그래가 그의 연으로 입사한 것이 못마땅하기만 하다.

시간의 결과일까. 오 과장이 윽박지르면서도 장그래에게 서서히 마음의 문을 열기 시작한다. 밤을 지새우면서 시킨 일을 묵묵하게 수행한 장그래를 한 번 더 쳐다보기도 하고 중요한 PPT 발표 준비에 합류시킨다. 막대한 영향을 끼치는 계약 건에 대해 회의할 때도 신입 장그래의 말을 들어준다. 그렇게 서로의 관계가 좁혀지며 회사 생활을 무난하게 하던 중 장그래는 옆 팀의 직원으로 인해 상무님께 호되게 혼이 난다. 그 모습을 짠하게 보던 오 과장은 곧이어 문제의 발단을 알게 된다. 그리고는 술에 잔뜩 취한 날에 옆 팀 과장에게 '너희 애 우리 애'의 명대사를 울분과 함께 시원하게 날린다. 장그래는 인턴인 자기를 무시하고 차갑게 대하던 오 과장의 '우리 애'를 되새기며 드디어 소속감을 가지게 된다.

직원들은 느낀다. 상사가 겉으로 쌀쌀맞고 모질게 대하더라도 속으로 본인에게 관심이 있는지 자신을 책임지고 끌어 줄 것인지를. 오 과장이 '겉바속촉'처럼 겉은 바삭하고 단단한 책임감으로 무장되어 있지만 부드러운 인간적인 면모가 속에 촉촉하게 차 있는 사람임을 느꼈기 때문에 장그래는 이직이나 배신을 생각하지 않고 서포터즈 했을 것이다.

오 과장의 활약은 여기서 끝나지 않는다. 함께 했던 박 대리도 좌천 위기에 놓였다. 주변에서는 박 대리를 지키기 위한다면 상무를 찾아가 부탁하라며 훈수 둔다. 앞서 말했듯이 오 과장과 상무는 사이가 좋지 않다. 사람들 앞에서 싫다며 손사래 치던 오 과장. 그런 그가 박 대리를 위해 달리는 상무의 차를 멈춰 세우고 고개 숙인다. 모든 자존심을 내려놓고 자신의 잘못이라며 박 대리의 징계위원회를 중단하도록 90도로 허리 굽힌 폴더인사로 부탁한다.

우리 조직의 리더는 어떤 모습인가? 존경스럽고 책임감 있고 믿고 따를 만한 존재인가? 그런 리더를 만났다면 정말 행운아라고 말하고 싶다. 실제로 주변에서 친구들이 하는 말은 왜 죄다 상사들의 욕일까. 그에 반해 오 과장은 현실에서 보기 드문 리더임이 틀림없다. 따뜻하다고 말하기는 어렵다. 하지만 동료, 직원들에게 소속감을 선사하고 든든함을 느끼게 하는 리더이다.

하물며 회사 내 상무와 사이가 불편한 오 과장은 어떻게 신뢰받는 리더가 될 수 있었을까? 리더가 조직원들에게 책임감을 선물하면 신뢰는 자연히 따라온다. 책임감과 같이 모두가 꺼려지는 것을 기꺼이 맡을 때 비로소 빛난다. 오 과장은 두 가지의 근거를 통해 본인을 따르게 만들기는 충분했다.

대부분의 리더는 무조건적 신뢰를 요구한다. 자신을 무조건 믿고 따르는 조직원에 대해서만 한정적으로 손을 내민다. 그러나 일부에게 보이는 한정적인 손은 책임감이 아니라 편애에 불과하다. 사실 이런 리더는 편애하는 몇 명에게만 리더일 뿐이지 그 외의 조직원에게는 영웅이 되기에 한참 모자라다 평가받는다. 무조건적 신뢰 이전에 품 안에 들어온 모든 구성원에게 책임감 있는 모습을 보여 주고 근거 있는 신뢰를 받길 노력하자. 설령 나를 따르지 않는 부하직원으로 인한 실수가 발생했을 때도 모른 척 못 본 척하지 않은 채 말이다.

오 과장이 장그레와 높은 친밀도가 형성되지 않았을 때도 '우리 애'로 생각하며 편 들어주듯 편애하지 말고 똑같이 실수를 교정해주고 격려하자. 구성원들은 조직원을 챙기는 리더의 모습을 보고 조직에 속해있는 소속감에 감사와 신뢰를 느낄 것이다.

끝으로 주변의 질타는 대신 받아 주자. 스스로 방패가 되기를 자처하면 조직원들은 방패가 버틸 수 있도록 더욱 힘을 실어준다. 그들은 방패가 뚫리면 본인들도 공격을 받고 죽는다는 것을 알고 있다. 조직에 오래 몸을 담게 되면 자연스레 리더가 되기도 한다. 당신은 리더가 되었을 때, 조직원들을 감싸고 기꺼이 방패가 되어 줄 사람인가? 자존심 한번 버리고 많은 사람의 신임을 얻으면 남는 장사 아닐까.

〈내 사람 먼저 챙기기〉

모든 사람에게 평범하면 인싸가 될 수 없다. 인맥이 전부라는 연예계에서는 자타 공인 인정받는 대한민국 인기 MC 유재석이 있다. 유재석은 진행 화술과 화법에서도 배울 점이 아주 많아 두말하면 잔소리다. 여기서 조금 더 자세히 들여다보면 유재석이 신경 쓰는 아주 사소한 법칙이 보인다. 바로 '내 사람 챙기기'이다. 셀 수 없을 만큼 많은 예능 프로그램을 진행하는 유재석의 방송 스타일은 사실 크게 다르지 않다. 하지만 유재석이 매력적인 MC 혹은 인맥으로 여겨지는 이유는 뭘까.

바로 세심하게 상대를 들여다보는 책임감이다. 그는 자신의 프로에 참여한 패널들에게 충분한 기회와 시간을 주려고 노력한다. 바로 여기서 '내 사람 챙기기' 스킬이 발동된다. 녹화 당일 방송 컨디션이 좋지 않은 사람에게는 짧게 대답할 수 있는 질문을 던지며 분량이 충분히 나오지 못할까 걱정되는 사람에게는 여러 가지 사례를 말할 수 있는 경험적 질문을 던진다. 그리고 출연하지는 않았지만 유 라인(유재석 라인)에 속하는 사람들을 지속 언급하고 자연스럽게 노출한다. 그리고 언젠가는 그렇게 노출한 패널들과 방송을 진행한다.

유재석에게 언급을 받은 사람 혹은 방송에 함께 참여한 이들은 그의 세심한 챙김에 감동하고 유재석 라인에 충성심을 가진다. 이렇게 유재석은 '유 라인' 이라는 충성 인맥을 구성해 가고 있다. 물론 그가 충성 인맥이라는 시스템을 만들기 위해서 노력하진 않았을 것이다. 이 충성 인맥은 그를 따르는 사람들의 무리로부터 명실공히 그 자리를 유지하도록 도와준다. 유재석이 설득을 해서도 아니고 회유를 해서도 아니며 그가 상대를 대하는 태도에 매력을 느끼고 그의 사람이기를 자처하는 것이다.

이런 모습은 더 나아가 가장 인기 있는 MC로 손꼽힐 수 있는 특별함이 된다. 그가 가진 '투철한 책임감' 이 바로 그것이다. 우리도 진정으로 자신을 따라주는 사람들에게 이끌어 주겠다는 책임감과 믿음을 주고 싶다면 상대의 니즈 사항을 제대로 파악해 보자. 행동 습관이나 취향, 좋아하는 것, 싫어하는 것들을 통해서 발견할 수 있다. 하지만 사람들은 모두 같지 않고 그만큼 개인이 원하는 니즈도 다르다.

그렇다면 너무도 다양한 사람들의 니즈를 어떻게 파악할 수 있을까? 평소 행동의 관찰부터 시작하자. 관찰을 통해 그 사람의 행동 패턴이나 좋아하는 것 개인적인 취향 등을 대략 파악하는 것이다. 잦은 연락을 좋아하는 사람, 반대로 연락보다는 만남을 좋아하는 사람, 또는 조용한 대화를 선호하는 사람과 왁자지껄한 유흥을 즐기는 사람, 그리고 커피를 좋아하는 사람, 차를 좋아하는 사람 등 여러 니즈가 분명 있을 것이다. 이 니즈들을 우선 파악한 뒤 기본적인 정보로 이용해 보자.

사람들은 누구나 본인이 상대에게 특별한 존재가 되길 원한다. 본인의 사소한 것을 기억하고 제공해 줄 때 두 사람의 관계가 비로소 형성되기 시작한다. 그 사소한 기억은 좋아하는 것을 기억하고 제공해 줄 때 효과가 있다. 여기서 주목할 점은 싫어하는 것을 기억하고 그것을 제공하지 않을 때 그 효과는 더욱 커진다. 예를 들어 우유를 좋아하는 사람이 빵을 먹을 때 우유를 건네는 것은 좋다. 그런데 우유를 싫어하는 사람에게 "네가 알레르기 때문에 우유를 못 마시잖아. 대신 주스를 준비했어."라는 말과 함께 우유가 아닌 오렌지 주스를 건네는 것은 어떨 때 더 큰 감동을 준다는 말이다.

이제 간단히 주변 사람 몇 명을 생각해 보자. 당신은 그들의 니즈가 1분 안에 얼마나 떠오르는가? 좋아하는 것은 어렵지 않게 떠오를 것이다. 반면에 싫어하는 것에 대한 정보는 쉽게 떠오르지 않을 수 있다. 만약 당신이 생각하고 있는 그 상대의 좋아하는 것, 싫어하는 것을 쉽게 떠올렸다면 상대는 당신과의 특별한 관계를 이미 형성하기 시작했을지 모른다.

끝으로 구성원에 대한 혜택을 제공해 보자. 소속감의 대가 명불허전 유재석이 방송 중 '유 라인'의 특정 인물을 노출하는 것처럼 당신도 당신만의 라인 구성원들을 위한 혜택을 만들자. 이 역시 상대에게 특별함을 선사하게 될 것이다.

모든 사람에게 평범하면 '인싸'가 될 수 없다고 맨 첫 줄에 강조하였다. 당신에게 있어 내 사람으로 속한 이들만의 생일을 축하해 주는 것도, 이들이 필요로 할 때 만사 제쳐두고 밤낮 이야기에 귀 기울여주는 것도 좋다. 정성을 내비칠 수 있는 어떤 것이든 좋으니 당신의 사람이 되고프다 느끼도록 만들어라. 이런 사소한 혜택들이 당신의 주변 사람들에게 '당신의 사람'이라는 소속감이 들게 해 줄 것이다.

갑과 을을 뒤바꾸는
사과 법

〈그대로 받아들여라〉

SBS 인기 예능프로그램 '골목식당'에서 백종원 대표는 요식업계
의 일등 강자로 같은 업에 뛰어든 후배들에게 진심 어린 조언과 관
심으로 성장할 수 있도록 도와준다. 본인의 레시피를 대가 없이 전
수하고 물 건너 외국에서 가져온 조리도구를 선물하는 따뜻한 백 대
표가 TV를 보고 있으면 '그 사람이 맞나?' 싶을 정도로 가게 점주들
을 대상으로 소리칠 때가 있다. 그래도 방송이라 조금은 자제할 필
요가 있지 않나 싶지만 결국 나였어도 똑같았을 것 같다.

백 대표가 화를 내는 이유는 대부분 비슷하다. 하나같이 자신만의
생각에 갇혀 인정하려 하지 않는다. 수많은 실패로부터 거듭 성공해

낸 레시피를 전수해 줬음에도 불구하고 충분히 연습하지 않거나 알려준 방법대로 하지 않아 맛이 달라진다. 그 때문에 SNS에는 숱한 부정적인 평을 볼 수 있다.

'역시 방송은 믿을 게 못 된다. 맛이 없다.'

'맛이 변한 것 같다. 너무 매워서 먹을 수가 없다.'

'메뉴에서 제일 중요한 재료가 예전보다 덜 들어간 것 같다.'

사장들을 믿고 맡겼던 터라 눈으로 직접 확인하기를 원했고 사장들의 태도에 백 대표는 실망을 금치 못한다.

"사장님, 이렇게 하면 안 돼요. 맛이 변했대요."

"아니요. 저는 똑같이 하고 있는데요."

"제가 지금 먹어봐도 너무 매워요. 맨 처음에 이렇지 않았잖아요."

"처음에도 이랬어요. 저는 변한 거 없이 똑같습니다. 대표님."

잘못한 기색 하나 없는 사장들을 보고 당혹함을 표출하지 못하고 두세 번 참던 백 대표는 결국 불같이 화를 낸다. 하나라도 더 도움을 주려는 사람을 등 돌리게 만드는 건 참으로 쉬운 일이라 생각되었다. 반대로 해석하자면 나에게 화가 나 등 돌린 사람도 내가 사과만 잘하면 결국엔 나를 도와주는 사람으로 만들 수 있겠구나 싶다. 개인적으로 손님과 백 대표의 말을 받아들이지 않고 자기주장만을 내세우는 어리석은 사장님들을 굳이 백 대표님이 도와야 하는가라는 의문이 들었다. '죄송합니다. 잘못했습니다.' 솔직하게 인정하고 진심을 담은 사과를 건네는 것이 더 좋은 결과를 낳지 않았을까 하는 아쉬움만 남을 뿐이다.

우리는 일어난 일에 대해 진심으로 사과하기를 원한다면 애초부터 자신의 좋지 않은 지적을 그대로 받아들여야 한다. 일 처리, 생활 습관, 성격, 인성, 말투, 표정, 그 어떤 것에도 국한되지 않는다. 처음에는 자존심이 허락하지 않아 어려울 것이다. '자기가 뭔데 나한테 화를 내?' 마음속 외침이 분명히 방해할 것이다. 그렇지만 자기 합리화에 젖어 사는 나보다 어쩌면 상대가 더 정확하게 나를 판단했을지도 모른다. 나의 감정을 앞세우지 않고 내려놓은 채 인정하고 사과하는 나를 보면 어느새 그 사람은 나의 편이 되어있을 것이다.

자존심을 버리고 그대로 받아들여 잘못을 인정할 줄 아는 용기 있는 자가 되자. 솔직하게 처음부터 돈 욕심이 나서 원가를 절감해 보고자 재료나 조리법을 변경했다. 하지만 맛이 없다고 하는 손님들의 평이 있다고 하니 마음을 다시 잡고 바로잡아 보겠다며 본인의 잘못을 그대로 받아들이는 사장에게 백종원이 화를 냈을 리 없다. 특히나 백종원은 '몰라서' 실수를 범한 사람에게는 굉장히 관대하다. 솔직함을 드높게 평가하기 때문이다.

사람은 누구나 실수할 수 있다. 하지만 실수를 모면하기 위해서 인정하지 않으면 언제까지나 내 옆에 있을 사람이 떠나는 경우가 생긴다. 심지어 백종원과 사장님의 관계처럼 나를 도우려던 사람마저 실망감을 안고 이제는 기대조차 않는다. 자신의 자존심 하나로 인해 일생일대에 한 번 있을까, 말까 하는 백종원의 설루션 기회를 놓치다니. 질타를 받고도 자신의 잘못을 인정하지 않는 사장님들의 모습에 손님들마저 실망하고 발길을 끊어버린다. 이토록 안타까운 일이 또 어딨을까.

거짓말할 바에 솔직하게 말하고 얻어맞자. 용서는 어디까지나 솔직한 사람에게만 있다. 거짓은 용서가 될 수 없다.

〈책임 없는 사과는 거짓말과 같다〉

사과를 했는데도 상대가 도무지 용서해 주지 않는다면 그간에 자신의 행동을 돌아볼 시간을 가져보자. 당신이 모르는 사이 상대는 당신에게 신뢰를 잃었을 수 있다. 조금 더 와닿을 수 있게 이솝 우화의 '양치기 소년' 이야기로 잠시 짚고 넘어가 보자.

뜨거운 태양이 쬐는 더운 날이었다. 땀을 흠뻑 흘리면서도 본인에게 주어진 일을 묵묵히 해나간다. 이 예쁜 마을의 사람들은 하하 호호 서로의 안부 인사를 물었다. 혼자 마을 언덕에서 양을 치며 휴식을 취하던 소년이 언덕 밑을 바라보며 사람들 관심을 끌기 위해서 거짓말을 한다.

"늑대가 나타났다."

소년을 돕기 위해 마을 사람들이 무기를 가지고 달려왔다. 그렇지만 늑대는 없었고 거짓말에 속은 것을 알고 소년을 혼내었다.

"소년아, 거짓말하면 안 된단다."

"네 잘못했어요."

한바탕 난리가 나고 다시 나른해진 소년은 나무 위에 올라가서 소리 질렀다.

"늑대가 나타났다."

소년의 목소리에 언덕까지 무기를 들고 올라온 마을 사람들은 또다시 화를 내었고 거짓말한 소년은 잘못을 빌었다.

"잘못했어요. 다시는 그러지 않을게요."

하지만 소년은 잘못을 뉘우치지 않았고 세 번째 거짓말을 하게 된다. 그리고는 얼굴이 시뻘겋게 화가 난 동네 사람들에게 앵무새처럼 같은 말을 반복했다.

"잘못했어요. 제 거짓말로 헛수고를 하게 해서 죄송해요. 정말 이러지 않을게요."

세 번째 잘못에 대한 용서를 재차 빌었는데 마을 사람들의 표정과 목소리가 이전과 사뭇 달랐다. 그들은 두 번 다시는 소년을 도와줄 마음이 없는 사람들처럼 냉정하고 차가워 보였다. 공교롭게도 얼마 후 진짜 늑대가 나타났다. 소년은 외쳤다.

"마을 사람들 늑대가 나타났어요. 진짜 늑대가 나타났어요. 제발

도와주세요!"

하지만 아무도 소년을 위해 달려오지 않았고 소년의 외침은 울부짖음으로 변해 갔다. 마을 사람들은 이 역시 거짓말이라 생각하고 하던 일을 마저 했다. 그 사이 양들은 늑대에게 모두 잡아먹히고 말았고 소년은 죽은 양들을 바라보며 후회했다.

이전에 소년은 자신의 잘못에 대한 사과를 책임지지 않았다. 그래서 마을 사람들이 실망

하게 되었고 용서해 주지 않은 것이다. 관심을 끌기 위해 거짓말한 행동은 애초에도 잘못되었다. 하지만 어른들은 '이번만은 용서해 줄 수 있다.' 라는 마음으로 품어 주었다. 하지만 '이번은, 이번은'이 반복되면서 신뢰가 깨졌고 더 이상 용서할 수 없을 지경까지 와 버려 양들이 모두 늑대에게 잡아먹히는 계기가 되었다. 만약 소년이 잘못을 뉘우치고 그때 장난을 멈췄더라면 진짜 늑대가 나타났을 때 동네 사람들의 도움을 받지 않았을까?

'다시는 똑같은 행동을 반복하지 않기를' 소년뿐만 아니라 모두가 흔히 겪는 실수 중 하나다. 우리는 상대의 마음을 돌리기 위해 온갖 애를 다 써가며 잘못을 빌고도 뒤돌아서면 까맣게 잊어버린다. 용서를 구하는 사과는 진심이 담겼을 때 '책임'이 자연스럽게 따라온다. 상대방으로부터 용서의 메시지를 받았다면 그 후의 책임을 지는 것은 당신의 몫이다. 그래서 우리는 사과를 하기 전, 자신의 잘못에 대

한 사과가 과연 책임질 수 있는 사과인지 확인해야 한다.

상대에게 잘못을 빌었으나 똑같은 잘못을 몇 번이나 반복해서 진심까지 매도당할 때가 있다. 본인의 잘못을 인정한다면 이후에는 몇 번이고 주의하여 반복하지 말자. 본인의 잘못에 대한 사과를 책임지지 않는다면 사과를 거짓으로 한 것과 같다. 애초에 잘못을 인정하고 사과하는 것 자체가 상대에게 이전에 스스로와 먼저 약속하는 것임을 명심하자.

〈사과는 패배가 아니다〉

"미안해. 이 한마디가 왜 이렇게 힘들까요?" 대인관계 컨설팅 수업을 진행할 때면 빠짐없이 듣는 질문이다. 우리는 충분히 알고 있다. 사과의 말 한마디면 바뀌었을 상황을, 상대와 나의 관계를, 상대에게 비칠 나의 모습을. 때로는 나의 진심 어린 사과가 상황을 역전시키기도 하는데 그만큼 중요한 사과를 우리는 참으로 어렵게만 느낀다.

우리는 보통 자신의 잘못임이 명백한 사실과 결과로 드러나면 기꺼이 사과하려 한다. 문제는 서로를 배려하지 않았던 태도나 입장의 차이에서 비롯되는 사과이다. 이럴 때 우리가 아는 '자존심' 이 슬금슬금 나오기 시작한다. 막상 용서를 구하는 상황이 생겼는데 목구멍에서 탁 막혀 나오지 않는 경우가 그렇다.

책을 쓰는 동안 동생이 집안일을 거들어 주기로 했다. 동생에게는 아직 익숙하지 않은 집안일, 그중에서도 가장 어려워하는 것은 빨래인 듯하다. 다른 것은 그렇다 치더라도 검은색 옷과 흰옷을 함께 돌려 버려 색이 변해 입을 수 없게 되어 버리는 경우는 나도 속상해서 화가 난다. 색깔은 구분하자고 몇 번을 얘기한 것 같은데 이번에도 그랬다.

연한 아이보리 색상의 블라우스를 구매했는데 서비스로 검은색 기본 티가 따라왔다. 두 개의 옷을 받은 기쁨은 잠시, 새 옷에서 느껴지는 특유의 냄새가 진동했다. 곧이어 빨래를 돌리기 위해 세탁 바구니에 넣어 놨는데 어느새 동생이 싹 다 세탁한 뒤 건조대에 옷을 너는 것이다. 설마 같이 돌리진 않았겠지 하며 동생이 세탁기에서 꺼내 온 옷을 보는 순간 나는 할 말을 잃었다. 역시나 분류하지 않은 채 세탁했고 결국 아이보리 블라우스에는 검은색이 군데군데 물들어 있었다. 서비스로 받은 옷 때문에 새 옷을 입지 못하게 생겼다니 참으로 웃픈 해프닝이었다. 그래도 여기까지는 다소 언짢아진 정도로 마무리할 수 있었다.

문제는 동생의 태도였다. 오히려 옷을 보고 넋이 나간 나에게 동생은 왜 세탁 바구니에 색을 구별하지 않았냐며 사과 대신 잘못을 내 탓으로 돌렸다. 그런 동생에게 나는 아무 말도 하지 못했다. 동생은 속이 상한 나를 두고 그 상태로 방으로 들어가 버렸다. 동생은 사실 나에게 미안했을 것이다. 자존심을 굽히지 못해 사과하기를 망설였고 되레 화를 낸 것임을 나는 알고 있었다. 만약 동생이 나에게 "언니 미안해" 한마디만 해줬더라면 상황은 바뀌었을 것이다.

"아니야 괜찮아. 네가 나 바쁘다고 도와주고 있는데 오히려 고마워. 그런데 다음에는 꼭 흰색과 검은색은 구분해 주었으면 좋겠어, 아니면 또 이렇게 옷을 버리게 되는 아까운 일이 생기니까."

충분히 훈훈한 마무리를 그릴 수 있었는데 그러지 못해 아쉬웠다. 옷보다 동생의 도움이 더 고맙다고 말하고 싶지만 그럴 기회조차 없이 방으로 들어가 버린 동생을 원망하며 불편한 마음에 잠을 청했다.

그때 동생은 사과 초보자였다. 보통 이들은 사과를 패배하는 것으로 취급한다. 그래서 상대에게 사과해야 하는데도 불구하고 마음속으로 '사과하게? 네가 틀렸어, 네가 졌네.' 를 외치며 스스로 사과의 브레이크를 밟는다. 실은 인정하고 사과하지 않는 그 상황이 손가락질당하는 패배자가 되는 것인데 반대로 그들이 자존심을 내세우는 것이다.

또 다른 초보자들은 시간이 약이라 생각하는 경향이 있다. 그들은 트러블이 생겨도 시간이 지나면 저절로 앙금이 해소될 것이라 믿는다. 그러나 기억이 흐려지면서 감정이 무뎌질지언정 아무 일 없었는 듯 사라지지는 않는다. 제대로 앙금을 풀기 위해서는 어렵더라도 상대에게 사과를 시도해야 하는데 그러지를 못한다. 그렇다 보니 사과 초보자들은 매사에 문제가 생겼을 때 제대로 사과하고 상황을 풀어 가려하기보다는 오히려 혼자 승자라도 된 양 자존심을 지킨다. 이런 사과 초보자들은 하루빨리 태도를 개선하자.

반대로 사람들에게 사랑받는 사람들은 사과에 능통한 사과 달인이다. 그들은 실수를 범하더라도 곧이어 사과하고 용서받고자 한다. 그러다 보니 미워할 수가 없는 것이다. 미워할 틈 없이 속전속결로 이어지는 사과는 그들을 사랑받는 사람으로 이끌어 준다. 이들 역시 딱히 특별한 비결을 통해 사과하는 것이 아니다. 결국에는 고의든 실수든 문제가 발생하여 사과해야 하는 상황이 생긴다면 깔끔하게 인정하고 상대방에게 사과하는 것뿐이다. 우리 모두 솔직히 생각해 보자. 용서를 구해야 할 때면 내 마음속에서 '엄청나게 큰 잘못을 한 것 같지 않은데 내가 이렇게까지 사과를 해야 해?'라는 자존심의 외침이 있지 않나. 심지어 자존심을 세우지 말자 권하는 나조차도 그 상황에 그러지 못할 때가 있다.

하지만 그 외침 때문에 사과하지 못한다면 나는 관계의 패배자가 될 수밖에 없다. 그래서 사과에 익숙해지려 항상 노력하며 살아간다. 자존심을 내려놓고 먼저 사과할 때 상대는 나의 사과에 감사를 느끼고 관계는 이어지기 마련이다.

갑과 을을 뒤바꾸는 사과 법은 '갑이 되어라, 을이 되어라.' 식의 승전 법이 아니다. 어떤 사람이든 관계를 더 잘 이끌어나갈 수 있는 '갑' 자로서 책임을 지고 마음을 다하는 것이다. 우리는 빨래 사건 이후 사과의 중요성에 대해 종종 대화를 나눈다. 다시 강조하겠다. 사과는 절대 패배의 인정이 아니다. 지금부터 자존심을 내려놓고 진심을 담아서 책임감으로 똘똘 뭉친 사과를 제때의 타이밍에 해 보자.

관계를 결정짓는 5가지

〈관계의 정답은 '습관' 속에 있다〉

관계를 결정짓는 것은 과연 무엇일까? 관계를 결정짓는 것은 크고 대단한 것이 아니다. 당신도 모르는 새 나오는 습관이 바로 관계를 결정짓는다. 대인관계로 인해서 이런저런 고민을 하는 이들에게 내가 자신의 습관을 들여다보고, 수정하는 것이 중요하다고 말하면 그들은 원했던 대인관계 스킬이 아님에 실망하고, 단순히 습관으로부터 관계가 비롯된다는 사실에 코웃음을 친다.

대인관계를 대하는 당신의 모습도 습관이다. 사람을 만나면 알아서 관계를 이끌어나갈 준비를 하는 것도 당신의 습관이고 상대를 피하고 억지로 밀어내 관계를 단절하는 것도 당신의 습관이다. '제시간에 맞춰 일어나는 습관, 차곡차곡 넣는 적금, 인사할 때 반듯한 자세 등등 매사에 힘들이지 않고 자연스럽게 행동하는 모습이 모여서 당신의 대인관계를 만들어 낸다.

주변 사람들에게 사랑받는 사람들은 대부분 좋은 습관을 지닌다. 다시 말해서 좋은 습관을 지니고 있으면 사랑받는 사람이 될 수 있다. 그렇다면 이들이 가지고 있는 습관에 대해서 배우고 빠르게 습득했을 때 당신이 사랑받는 사람으로 거듭나는 건 시간문제란 말이지 않을까.

'처음에는 사람이 습관을 만들지만, 나중에는 습관이 사람을 만듭니다.'라는 글귀를 본 적이 있다. 당신을 사랑받는 사람으로 만들어 줄 습관에는 무엇이 있을까?

먼저 나의 습관을 되돌아보았다. 사람들과 대화하는 나의 말투 습관이 어떠한지 생각해 본 것이다. 나의 말투는 다소 딱딱하고 날카롭다고 느껴질 만큼 공격적이고, 사무적이었다. 게다가 솔직함이 가장 좋다고 생각해서 언제나 있는 사실 그대로를 일러 주었으며 그조차도 강한 말투로 어필하듯 말하였다. 나의 말투 습관을 점검할 기회도 없이 그렇게 지내던 찰나, 나에게 일상 대화를 하고 싶다는 사람이 나타났다. 처음에는 의아했다. 굳이 일상 대화를 하고 싶다고 저렇게 말해야 하나 싶었는데 그때 나는 깨달았다. 그렇다. 사사건건 날카로운 사람에게는 평범한 안부를 건네기가 여간 겁나는데 상대에게 내가 지금껏 그런 존재였다. 그간 그에게 톡톡 쏘는 말만 해대니 지극히 평범한 대화는 아예 물 건너간 지 오래였다. 그 즉시 나는 말을 할 때 상대와 입장 바꿔 생각하기로 결심했다.

내가 들었을 때 기분 좋은 말투는 상대방 또한 듣기 좋을 텐데도, 나는 나의 말투를 고집하고 있었다. 내가 듣기 싫은 말투, 공격적이고 딱딱한 말투부터 고쳐 보기로 했다. 있는 사실 그대로를 말하기보단 사실을 비롯한 환경과 배경을 모두 들여다보기 시작했고, 상대의 어려움을 먼저 예상해 보고 이를 생각만 하는 것이 아니라 상대에게 넌지시 물어보곤 했다. 이런 습관은 곧 상대에게 배려심으로 적용되어 이제는 '재현 씨는 참 배려심이 깊은 사람이야.' 라는 말을 듣게 된다. 사소한 말투 하나가 나의 이미지를 만들고 사람들과 좋은 관계를 이끌었다.

일전 '나비효과' 라는 영화를 본 적이 있다. 과거로 돌아갈 수 있는 장치를 발견한 주인공은 과거의 자신에게 아주 사소한 변화를 적용하고 현재로 돌아온다. 하지만 과거의 아주 작은 일들이 현재에선 너무나도 다른 삶을 살도록 만든다. 이를테면 과거 어린 시절 친구와의 싸움을 말리지 않았던 자신에게 돌아가 싸움을 무마시키고 돌아갔다면 현재에선 그들이 자신의 삶에 남아 있지 않는다는 식이었다. 이처럼 아주 작은 변화가 후일 커다란 물결로 자신을 덮쳐 올 것을 우리는 간과하지 말자.

앞으로 우리는 자신을 둘러싼 대인관계를 결정하는 5가지의 영역을 들여다볼 것이다. 자신의 습관을 파악하고, 자신의 모습을 인정하고, 인식하고, 변화해 나갈 것임을 다짐해 보자.

첫 번째 영역인 '말투'에 이어 '센스', '감정', '경청', '마인드'까지 순서대로 자신의 외면부터 내면까지 모두 둘러보면서 당신은 새로운 사람으로 바뀌는 과정을 겪게 될 것이다. 변화하는 것은 언제나 쉬운 일이 아니다. 하지만 우리는 갑자기 다른 사람이 되기를 원치 않는다. 우리가 추구했던 모습으로 나아가기 위해선 노력의 방향을 달리해야 한다는 것을 깨우치기만 하면 된다. 누구나 자신과 자신의 삶을 망치고 싶은 생각은 없다. 단지 노력의 방향이 잘못되어 있다는 것을 알지 못할 뿐. 사람들은 그들의 관계와 삶을 위해 애쓴다.

말투 하나부터 표정 하나까지 관계를 결정짓는 부분은 아주 작은 곳에서부터 시작한다. 나의 작은 시도로 일어난 커다란 변화가 여러분의 삶에 적용될 수도, 혹은 지나치는 조언의 목소리로 그칠 수도 있다. 하지만 나는 이 책이라는 또 하나의 시도로 나의 관계를 더욱 세밀히 들여다보고, 관찰하고, 보듬고, 다듬어 가고자 한다.

10여 년간 마케팅, 판매, 판촉, 영업, 세일즈로 표현되는 세계에서 수많은 사람과 관계를 맺으며 몸소 겪었던 일화들과 나 자신의 변화와 관계의 변화를 여러분들과 공감하며, 대인관계 컨설턴트 정재현에게 어떤 일이 있었는지, 어떤 변화를 마음먹었는지, 사랑받을 수 있는 사람이 될 수 있었던 이유엔 무엇이 있었는지 하나하나 나누고 싶다.

3장 Tip

유독 사람들 사이에서 이유 없이 사랑받는 사람들이 보인다. 그들의 특징을 가만히 살펴보면 항상 한 박자 빠르다. 감각이 뛰어나 다른 이들이 아직 생각하지 못한 부분을 캐치해낸다. 식사를 하기 전 미리 수저를 챙겨 주거나 하얀 옷을 입은 사람을 대신해서 앞치마를 건네주거나 상대의 손이 잘 닿지 않는 반찬을 앞쪽으로 밀어 주는 것처럼 그리 어려운 일이 아니다. 그런데 어렵지도 않은 이 행동이 하고 안 하고에 따라 분명한 차이가 일어난다면 당신은 하지 않고 배기겠는가.

이유 없이 사랑받는 사람들은 다시 말해 사랑 못 받을 이유가 없는 사람이다. 대체적으로 '센스' 있는 사람들이 그렇다. 그래서 센스를 탑재하라고 꼭 권장하고 싶다.

사랑은 주는 사람의 마음도 중요하지만 받는 사람의 마음도 중요하다. 상대는 맹목적인 사랑을 주고 있지만 받아들이는 사람이 그럴듯한 이유를 만들어 내어 상대의 마음을 다르게 생각한다면 이를 해결하는 방법은 없을지도 모른다. 어쩌면 사람의 마음은 있는 그대로 받아들이는 것이 가장 마음 편한 것이 아닐까.

Self-esteem Branding Technology

PART
04

자존감 기초 브랜딩 :
심리의 기술

'믿음' 심기

언젠가 내 친구가 우연히 들른 카페에서 생글생글한 얼굴로 상냥하게 주문받는 사람에게 푹 빠져버린 적이 있다. 친구는 용감하게 연락처를 받아냈고 끊임없는 구애로 연애가 시작되었음을 알려왔다. 그는 곧 결혼이라도 할 것처럼 진실한 사랑을 하고 있다고 자랑을 늘어놓아 지겹기도 했지만 내심 부러워하곤 했다. 하지만 그로부터 얼마가 지나지 않아 하루가 멀도록 내게 고민을 털어놓기 시작했다. 이유인즉슨 연인이 믿음을 주지 않는다는 것이었다. 무언가 의심이 되는 행동을 하는데, 연인을 의심하는 자신이 잘못된 것인지 의심되는 행동을 하는 연인이 잘못된 것인지 헷갈린다는 말이었다.

일전 연인이 친구들과 시간을 보낼 때면 몇 시간이고 연락이 되지 않아 다음 약속에 지장을 주거나 걱정을 하게 만든다거나, 피곤하다는 이유로 집에서 쉬겠다고 한 다음 근처 번화가에서 발견되어 크게 다투었다고 했다. 신뢰를 깨뜨리는 행동과 거짓말을 반복하는 모습에 연인에 대한 애정과 관심은 사라진 지가 오래며 분노와 질책만 늘어놓게 되었다고 했다. 그토록 착하고 다정하다며 연인과 미래를 꿈꾸던 친구는 지금 연애의 끝자락에서 고민하는 중이다.

믿음과 사랑은 비례관계가 성립한다. 믿음이 커지면 사랑도 커지고 반대로 믿음이 작아지면 사랑도 작아진다. 처음 사랑에 빠졌을 때 누구나 서로에게 믿음을 주기 위해 노력한다. 그래야 상대의 마음을 얻을 수 있기 때문이다. 그렇게 얼마의 시간이 지나면 상대의 모든 말을 마법처럼 믿고 사랑하게 된다.

하지만 사랑에는 유효기간이 있다는 말처럼 서로를 사랑하는 마음은 우리가 꿈꾸는 것보다 오래가지 못하는 경우가 더러 있다. 미국의 코넬대학교 신시아 몽고메리 교수는 열정적 사랑에는 평균 18개월에서 30개월의 유효기간이 있다는 연구 결과를 내놓았다. 사랑의 묘약으로 불리는 뇌의 미상핵이 강한 활동을 하면서 열정적 지수가 올라가는데 시간이 지나면서 미상핵의 활동은 약해지고 대신 이성적 행동을 판단하는 대뇌피질의 움직임이 커진다.

그 후 심장의 두근거림과 열정은 줄어들게 된다는 것이다. 소위

'콩깍지'가 벗겨진 것이다. 그리고는 설렘과 두근거림보다는 편안함을 느끼고 상대에 대한 신뢰가 쌓이게 되는데 이때부터 본인이 가지고 있던 원래의 모습을 더욱 많이 보여주게 된다. 따라서 논리적으론 18개월 이후로는 사랑 뿜뿜 관계를 유지하던 모습은 아쉽게도 상실하고 편안함이나 믿음 그리고 정으로 유지해 간다는 것이다.

그렇다고 18개월 이상의 연애가 불가능한 것은 아니다. 주변의 지인들만 보아도 3년 이상 그리고 10년째 연인 관계를 지속하고 있는 커플이 수두룩하다. 그들은 과연 어떻게 이런 오랜 시간을 연인 관계로 이어 나가고 있을까. 바로 서로에 대한 믿음을 잃지 않기 위해 노력하는 모습이 있기 때문이다. 다시 말해 '설렘'보다 '믿음'의 중요성을 일찌감치 깨달은 이들이 '믿음'을 지키기에 장기간 연애가 가능한 것이다.

친구의 경우처럼 아무리 사랑했던 사람이더라도 믿음을 주지 않는 사람이라면 마음 졸이며 불안하게만 만드는 관계를 지속해 나갈 마음이 사라진다. 그리고 그 관계는 결국 정리되고야 만다. '믿음'이 중요한 것은 사랑이라는 감정에서만 적용되지만은 않는다. 가족, 친구, 지인과의 관계에서도 같다. 믿음이 없는 사람들과의 관계는 일관성 있게 유지되기보다는 항상 흔들리기 마련이다. 나의 속 얘기를 터놓고 싶어도 이상하게 눈치 보게 되고 그렇다고 듣고만 있자니 나에게 전달해 주는 얘기들이 하나같이 신뢰가 가지 않아 들리는 것조차 한번 걸러서 듣게 된다. 모든 사람과 사람의 관계에서는 '믿음'이 우선되어야 한다.

자신이 가장 사랑하는 사람 하면 가족이나 항상 곁에 있는 친구 또는 지금 나의 연인이 떠오른다. 그리고 그들에게는 나를 속이거나 배신하지 않을 사람이란 믿음이 크게 심겨있다. '사랑'이라는 감정을 떠올렸을 때 '믿음'이 뒷받침되어 그들이 떠오를 수 있도록 도와준다.

원고를 쓰는 동안 친구는 결국 그녀와 헤어짐을 결정했다. 한동안 그녀의 빈자리가 느껴져 힘든 시간을 보내겠지만 절대 후회하지 않는다고 호언장담한다. 믿음으로 인해 친구의 눈빛이 달라지고, 관계가 달라지고, 마음가짐까지 달라지는 것을 목격한 나로서는 연인 간의 신뢰가 얼마나 중요한 것인지 새삼 깨닫게 되었다. 언젠가 나의 뒤통수를 저격할 사람을 마음 편히 사랑할 수 없는 일이니까.

〈확신에서 피어나는 신뢰〉

A와 B는 힘든 취업난 속에서도 취업에 성공한 입사 동기다. 학교, 학교 성적, 소지하고 있는 자격증 등 소위 취업에 필요한 스펙에 큰 차이가 없는 수준이었다. 서류상으로는 전혀 차이가 없다고 볼 수 있는 그들이 반 개월 그리고 일 년이 지나면서 동료들이 바라보는

시선에 격차가 벌어지기 시작했다. 1년 6개월째 접어들던 월요일 아침, 팀장이 말한다. "B 씨, 내가 말했던 자료는 다 정리했겠지? 지금 나한테 바로 보내게." 그리고는 B의 옆에 앉아있는 A에게 말한다. "A 씨, 내가 부탁했던 이번 프레젠테이션 말이야. 자네가 팀 대표로 발표했으면 한다고 했던. 집에서 생각 좀 해 봤어?"

어쩌다가 팀장은 나란히 입사한 A와 B에게 각각 다른 업무를 지시하였을까? 누가 봐도 평범한 수준의 업무는 B에게 맡겼으며 어쩌면 고가 성적에 반영되어 승진의 기회가 주어질 수 있는 중대한 업무는 A에게 부탁했다. 비슷비슷하다고 말하는 그들의 사이에는 예상치 못한 부분에서 큰 차이가 있었다. 그것은 바로 '믿음'이었다. B는 생각이나 말을 할 때 늘 하는 습관이 있었는데 '모르겠습니다.', '그럴 것 같습니다.' 하고 은연중 불신을 나타내는 것이었다. 그렇게 본인에게 확신이 없고 매사에 자신 없는 모습을 보이니 중요한 업무를 그 누가 쉽게 요청할 수 있을까?

하지만 A는 달랐다. 말을 할 때 '그렇습니다.', '할 수 있습니다.', '확실합니다.' 같이 믿음을 함께 전달하는 습관을 지녔다. 무엇이든 확신이 있는 A에게는 상대방도 어느새 믿음이 심어져 서로가 신뢰를 바탕으로 일을 처리하게 되었다. 그만큼 기회가 더 많이 주어졌을 뿐.

믿음은 한순간에 생기는 것이 아니다. 씨앗 한 알을 흙에 심고 매일매일 물과 거름을 챙겨주며 정성껏 돌본 결과 큰 나무가 자라지 않는가. 그래서 '믿음'은 상대방에게 보이는 자신의 믿음 나무를 풍성하게 기르기 위해 오래도록 가꾸어 주어야 하는 '감정'의 일부분이라 한다. 신뢰를 바탕으로 한 튼튼한 관계를 만들기 위해선 먼저 관계에 대한 진정성을 가져야 한다. 진심으로 노력을 기울이겠다는 다짐과 함께라면 다음의 순서대로 습관을 들여 보도록 하자.

첫째, 목소리를 높이지 않는다. 말 그대로 상대에게 믿음을 주어야 할 때는 목소리의 높낮이를 조절해야 한다. 신뢰를 전달하는 앵커, 기상 캐스터 또는 강사들의 목소리는 언제나 중저음 톤을 유지하고 있다. 그들은 어떠한 이슈 속에서도 평정심을 가지고 목소리의 높고 낮음의 큰 변화 없이 일정한 톤으로 말한다. 만약 대중들에게 하루의 큰 사건 사고를 전달하는 9시 뉴스의 아나운서가 도레미파 솔! 톤으로 이야기한다면 어떨까? 아마도 '뉴스 맞아? 예능 아니야?' 등의 반응이 나올 것이다. 목소리는 톤의 차이로 신뢰가 가득한 사람과 장난기가 다분한 사람으로 판가름 날 수 있는 중요한 요소이다. 목소리를 잘 다듬어 신뢰를 전달하는 상황에서는 한 톤 낮추는 것이 좋다.

둘째, '불 확신'을 담는 단어를 사용하지 않는다. 대체로 두루뭉술하게 말하는 사람들에게는 큰 믿음을 가질 수가 없다. 이를테면 잘못한 이가 반성을 할 때 "죄송합니다. 다음번에는 절대 실수하지 않겠습니다."라고 보통 말한다. "죄송합니다. 다음에도 잘할 수 있을지 모르겠습니다."라고 말하는 사람에게 다시 같은 업무를 마음 놓고 맡길 수가 있을까. 우리는 입에 붙어 무의식적으로 생각하는 불확신적 표현을 그만두어야 한다. 그러기 위해선 자신을 먼저 믿자. 스스로 믿지 못하는 사람이 타인에게 믿음을 줄 수 없다. 어떤 지시나 질문에도 긍정으로 답하라는 것은 아니다. 다만 분명히 자신의 의견을 알리고, 명확한 의사를 제시해야 한다.

셋째, 진실하게 답한다. '믿음'을 줌에 있어 결론적으로 가장 중요한 것은 듣기 좋은 거짓이 아닌 진실하게 대하는 것이다. 실컷 믿음을 심어 놓았는데 결과가 기대에 미치지 못하는 일이 반복되어 일어난다면 믿음을 다시 쌓기는 힘들 것이다.

10년도 훨씬 전에 유재석과 송은이가 진행한 '진실게임'이란 프로그램이 있었다. 진실과 거짓을 맞히는 이 방송은 출연한 이들에게 패널을 속일 수 있는 기술을 먼저 배웠다. 목소리도 중저음 톤을 주로 내었으며 확신에 똘똘 차서 본인이 진짜라며 강하게 어필한다. 그러다 마지막 진실의 종을 울릴 때 거짓임이 탄로 나면 속았다는 마음에 배신감을 드러내곤 한다. 그래도 웃고 넘어갈 수 있었던 것은 애초에 패널을 속이는 것이 목적이었던 프로그램의 각본 때문이었다. 하지만 이것을 실생활에 접목한다면? 그의 주변에 사람들은 신뢰를 얻는 그의 중저음 목소리와 확신에 가득 차 있는 단어 사용에도 불구하고 믿음을 갖지 못할 것이다.

믿음은 어떤 사람과의 관계에서도 중요한 밑바탕이 된다. 아무 관련 없었던 이가 가장 소중한 사람이 되고, 목숨만큼 소중했던 사람이 한순간 분노와 질타의 대상이 될 수도 있다. 자신이 소중하게 생각하는 이가 있다면 한순간 감정을 사로잡기 위해 애쓰기보다 꾸준한 믿음을 주기 위해 애쓰도록 하자.

내 감정 되돌아보기

〈사랑받기 위해 사랑하지 마라〉

나는 여러분이 사람들로부터 사랑받기를 원하는 마음에 책을 쓰게 되었다. 우리는 곁에 있는 이들에게 관심과 애정을 얻고자 노력하며 살아간다. 당신은 여태껏 사랑을 받기 위해 어떤 노력을 했는가? 사랑받고 싶다고 말하는 사람들에게 어떤 노력을 했냐고 물으면 대부분 사랑받기 위해서 먼저 마음을 열고 다가가며 사랑하려 애썼다고 이야기한다. 그러나 무작정 타인의 마음을 얻고자 노력하면 자신의 감정에 오히려 악영향을 끼치게 된다.

자신의 감정은 뒤로 숨겨둔 채 사랑하는 척, 괜찮은 척하며 선의의 거짓을 앞세울 수 있다. 때론 선의의 거짓이 대인관계의 많은 부분을 해결해 주는 만능 해답으로 여겨진다. 하지만 자신의 감정보다 남의 감정을 중요하게 대하면 자기감정은 뒤로 밀려나 배제되면서 자기 자신을 잃은 것과 같은 무력감에 빠질 수 있다.

타인에게 사랑받기 이전에 우린 먼저 자신의 감정을 정확히 헤아려야 한다. 때론 외로움과 고독함을 채우기 위해 타인의 감정을 얻고자 노력하는 이들이 보인다. 여기서 아쉬운 점은, 결핍이란 타인이 아닌 자기 자신이 채워야 하는데 이들은 그 점을 모른다는 것이다. 오프라 윈프리는 내면의 결핍을 외부에서 채우는 것이 아닌 여러 취미 생활이나 창작 활동으로 충분히 채울 수 있다고 말한다. 자신에게 맞는 감정 통찰 과정을 통해 확실하게 표현해야 함을 강조하는 말이다.

일례로 A의 사례를 살펴보겠다. 그는 항상 자신을 낮추었고 주변 사람들을 세심하게 관찰하고 무엇을 좋아할지 미리 캐치 하는 능력도 뛰어났다. 사람들 비위를 잘 맞춰 분위기 띄우는 데도 당연 1등이었다. 하지만 A가 꼴등인 부분이 있다. A는 정작 본인의 감정은 배제하기 일쑤였고 알아차리려 노력하지도 않았다. 그래서 그런지 사람들은 A의 배려를 권리로 남용하기 시작했다. "A, 어차피 자네는 오케이 아니야?"라고 묻는 상사의 말에 A는 언제나 그렇다는 대답 말곤 할 말이 없었다.

또 다른 예로 B는 평소에 남에게 싫은 소리를 하지 못한다. 내내 끙끙 앓거나 꾹 참고를 되풀이하며 살아간다. 그렇다고 불쾌한 상황 자체를 수용하지도 못해 생기는 스트레스를 받곤 한다. B가 스트레스를 해소하는 방법으로는 자신이 편안하게 느끼는 가족이나 친구에게 화풀이하는 것이다. 한강에서 뺨 맞고 종로에서 화풀이하는 꼴이다. 처음에는 B의 생각과 감정을 받아주던 이들이 이제 그의 감정 쓰레기통이 되고 싶지 않다며 하소연한다. 애먼 곳에서 감정을 분출하다가 가장 소중한 사람을 잃게 되는 순간이 B에게 와버렸다.

어느 날 익명으로 글을 쓸 수 있는 모 사이트의 고민 상담 게시글을 본 적 있다. 누구에게나 있을법한 평범한 회사 생활 이야기였다. 1년째 탈 없이 외적인 회사 생활은 잘 이어가는 중인데 자기 자신에게 탈이 나버린 것 같다는 고민이었다. 신입으로 입사하여 잘 보여야겠단 생각 하나 때문에 팀장, 차장, 과장, 대리에게 '싫어요.', '아니요.' 라는 거절의 말 한마디 하지 못하고 무조건 '좋습니다.', '알겠습니다.' 만을 외치며 예스맨이 되다 보니 정작 자기 자신의 감정이 사라져 버렸다는 것이다. 그렇다고 회사에서 밖으로 나갔을 때도 그런 사람이냐, 그것은 아니다. 단지 회사라는 울타리 안에서 사랑받기 위해서 모든 상황, 사람을 포용한 것이다. 이렇게 애쓰면서 그들과의 관계를 사랑하려 했더니 정작 상사들은 자신을 '쉬운 사람', '뼈도 없는 사람', '실없는 사람' 으로 대한다고 했다. 한마디로 놀림감이 되어버린 것이다. 이러한 사례를 보면 사랑받고자 노력하는 것은 무조건 좋은 결과를 낳는다고 할 수 없다.

무작정 남의 감정을 위해 따라가는 것이 아니라 자기감정을 우선으로 생각하고 자신도 또한 같은 감정을 느꼈을 때 상대를 맞춰주고 사랑해 주는 방법이 어쩌면 줏대 있는 사람으로 자리매김하면서도 진정한 사랑을 받을 수 있지 않을까 조심스레 댓글을 달아주었다.

자기감정은 남의 감정 그 무엇보다 중요한 것이다. 그냥 나쁘지 않으니까 무조건 상대가 하자는 대로 이끌릴 필요는 없다. 그럴 때는 잠시 시간을 가지고 자기 스스로 생각해 보자. 자신의 감정이 향하는 노력인지 그렇지 않다면 타인의 감정을 위한 노력인지.

〈사랑받지 못해도 사랑하라〉

'짝사랑'. 쌍방향의 사랑이 아닌 일방적인 한 방향 사랑을 우리는 짝사랑이라 말한다. 어릴 때는 미처 알지 못했던 감정들을 어른이 되어가며 비로소 알아가게 된다. 가수 '토이' 의 '좋은 사람' 이라는 노래의 가사엔 다음과 같은 구절이 있다.

'네가 웃으면 나도 좋아/넌 장난이라 해도/널 기다렸던 날/널 보고 싶던 밤/내겐 벅찬 행복 가득한데/나는 혼자여도 괜찮아/널 볼 수만 있다면/난 늘 너의 뒤에서/늘 널 바라보는/그게 내가 가진 몫

인 것만 같아'

　이전에는 혼자여도 괜찮을 리가 있냐며 코웃음 치고 뒤에서만 바라볼 바에는 왜 보냐며 비웃었을 때가 있었다. 하지만 상대에게 비록 사랑받지 못하더라도 사랑은 충분히 할 수 있다는 것을 지금은 알게 되었다. 대가를 바라지 않는 사랑에 대해 알게 된 것이다.

　나를 사랑하지 않는 사람을 사랑하는 것은 나를 사랑하는 사람을 사랑하는 것보다 어렵다. 내가 아닌 다른 사람과 함께하고 있는 그 사람을 바라보고 있자면 혼자서 끙끙대며 마음을 다잡고 있는 자신이 비참하기까지 하니 말이다. 그래서 나는 짝사랑을 한 경험이 있는 사람을 성숙하다 표현한다. 그들은 자신의 행복보다는 상대의 행복에 초점이 맞춰져 있으며 자신의 시선보다는 상대의 시선을 중요하게 생각할 줄 알기 때문이다. 솔직하게 나의 감정을 그리고 상대의 감정을 바라보는 이들을 보고 있자면 한층 더 어른스러움이 느껴진대도 과언이 아닐 수 없다.

　짝사랑. 아무도 몰라주는 사랑을 지켜나가는 그들은 누구보다 자신의 감정에 솔직하고, 순수한 감정을 지녔다고 할 수 있다. 타인의 사랑에 목말라하는 것이 아니라 누군가에게 사랑받지 못함에도 불구하고 자신이 느끼는 감정을 진솔하게 표현하는 것이다. 자신의 감정을 상대에게 거듭 강조하며 자신에게도 관심과 애정을 쏟아 달라고 갈구하는 이들과는 다른 그들의 성숙함은 오히려 자기 자신을 존중하는 모습으로 보이며 자기애가 느껴지기 충분하다.

〈사랑받지 못해도 사랑하라-part2〉

사랑받지 못해도 사랑하는 것은 쉽지 않다. 미워하는 것도 마음과 에너지를 쓰는 일인데 대가 없이 하고 싶을 리 없다. '원수를 사랑하라'는 말을 들어 보았나. 마태복음에 나오는 말인데 굉장히 유명한 구절이라 기독교가 아니어도 글을 보거나 들은 적 있을 것이다. 지금 당신의 마음을 너무나도 아프고 괴롭게 만들었던 장본인, 원수를 생각하면 입이 바싹 마르고 머리털이 서는 기분이 들 것이다. 기분으로 설명하자면 가라앉았던 화가 다시 치밀어 오르고 불쾌함이 느껴진다. 누구나 미운 사람 때문에 힘든 경험이 있다. 나 역시 마찬가지다. 그 사람이 너무 미운 나머지 머릿속에서 떨치지 못해 하루 종일 생각하고 미워하며 감정을 소모했다. 이건 매일 그 사람과 함께 생활하는 것과 다름없었다. 마치 쓰레기를 집에 들여놓은 것과 같다는 것을 그때는 몰랐다.

만약에 내 삶에 있어 떠오를 만한 원수가 없었다면, 방금 전 그로 인해 느낀 감정과 생각은 그야말로 헛된 것이었다. 괜히 입이 마르고 머리털이 섰달까. 그런다고 무엇이 달라지나.

이제 우리가 해 나갈 작업은 원수가 없었던 때로 마인드컨트롤을 통해 돌아가는 것이다. 미워죽겠는 그를 차라리 사랑해 보자. 한결 내 마음이 편해질 것이다. 이것은 그 누구도 아닌 나를 위한 사랑이라 생각하면서 쉽지 않겠지만 나는 사랑하기 시작했다. 좋은 점을 생각해 보고 혼자 그를 칭찬해 보기도 했다.

미워하는 시간보다 사랑하는 시간이 더 힘들 때가 있어서 그만두고 싶었다. 하지만 그를 사랑한 지 보름이 지날 때쯤 내 마음이 변하기 시작했다. 오히려 그가 마음의 한자리에서 사라지기 시작했다. 그렇게 나는 그를 내보냈고 그 자리를 다른 사람 그리고 다른 사랑으로 채울 수 있었다. 부정적인 것을 내보낸 그 자리를 긍정적으로 채워 나가기 시작했다.

사랑받지 못해도 사랑하자. 나아가 미운 사람도 사랑해 보자. 미운 사람이 나간 자리에 사랑의 기운이 돌고 돌아 나에게 더 좋은 사랑이 올 것이니.

사랑하는 마음,
사랑받는 마음

〈사랑하는 건 내가 결정한다〉

SNS가 생활 필수 요소로 자리 잡아가면서 요즘 상대적 박탈감을
느끼는 이들이 많아졌다고 한다.

"나는 요즘 새로 생긴 카페에서 판매하는 치즈케이크에 빠졌어.
그곳은 모르는 사람이 없어." 그 순간 나만 모르고 있었다는 생각
에 검색하기 바빠진다. SNS에서는 이미 벌써 많은 친구가 치즈케
이크를 접한 인증샷을 업로드 해서 많은 '좋아요' 수가 달려 있었
다. 그렇지만 그렇게 유명한 치즈케이크가 유제품 알레르기가 있는
나에게는 그림의 떡이었다. 그냥 치즈도 먹기 어려운데 치즈와 크
림이 층을 이루며 쌓여 있는 케이크는 더욱이 힘든 음식이다. 하지

만 딱 봐도 먹음직스러워 보이는 영롱한 자태에 이끌려 나 또한 인스타그램 피드에 한 장의 사진 정도는 올려 두고 싶긴 했다. 고민 끝에 치즈케이크 가게로 향했다. 예쁜 접시에 올려준 한 조각의 6천 원짜리 치즈케이크에서는 특유의 냄새가 풍겼고, 친구들의 입맛을 돋우었지만, 정작 내 속은 갈수록 뒤틀리고 있었다. 결국 나는 포크 한번 잡아 보지 못한 채 사진만 남겼다. 많은 사람이 좋아한다고 해서 나 또한 그들과 같은 것을 좋아할 수는 없다. 눈에만 좋아 보이는 행동을 하지 않기로 마음먹은 순간이었다. 내 마음에 집중하고 내 감정을 돌아보기로 했다. 그때 내가 사람들이 사랑에 빠진 치즈케이크를 꾹 참고 한입 맛보았다면 화장실로 곧장 직행했을 것이다.

요즘에는 갈수록 '물타기 현상'이 쉽게 일어나는 것 같다. 사실은 원하지 않으면서도 다른 사람의 감정 따라 말하고 행동한다. 그러다가 나처럼 탈이 날 수 있는 행동을 자처하기도 한다. 똑같이 사랑하고 똑같이 사랑하지 않으면 뒤처진다고 생각하는 걸까? 누구 하나 좋다고 광고하는 제품에 득달같이 달려든다. 객관적으로 판단하고 내 감정에 솔직해지기보다는 눈에 좋아 보이는 많은 것들에 의존하게 된다. 상대적 박탈감을 이겨내지 못한 모습이다. 그들과 공감하며 소속감을 느끼고 싶어 행동한 것이 오히려 군중 속 고독감을 만든다.

다른 예로 마녀사냥이 떠오르기도 한다. 다수의 사람이 특정 사람에게 죄를 뒤집어씌우는 '마녀사냥'은 타깃이 되어버린 사람에 대한 악감정이 없음에도 무리 속에서 튀고 싶지 않아 솔직한 마음을 조용히 덮어버리곤 한다.

얼마 전 트윙클 컴퍼니 수강생 15살 여중생 A가 고민 상담을 해왔다. 자신과 정말 친한 친구가 있는데 함께 무리 지어 다니던 친구들 사이에서 어느 순간 따돌림의 대상으로 지목된 것 같다는 것이다. 문제는 그 무리가 A에게도 그 친구를 멀리하게끔 만들고 자기들 무리로 들어오라는 눈치를 넌지시 준다고 한다. 혹시나 그 제안을 받아들이지 않고 계속해서 친구와 가깝게 지낸다면 그 무리에서 따돌림의 다음 타깃이 될 것이라며 불안해했다.

나는 물었다. "친한 친구를 잃는 것과 따돌림의 대상이 되는 것 중 무엇이 더욱 두려워?" A는 친구를 잃는 것이 더욱 두렵다고 말했다. 따돌림의 대상이 되더라도 친구만은 잃고 싶지 않다는 A의 대답을 듣고 나는 안도하며 그 마음을 진심으로 응원했다. 결국에 따돌림의 대상은 그 무리 내에서 계속 타깃을 바꾸어 나가며 모든 이들이 서로를 믿지 않는 불신의 관계로 점차 타락했다. A는 이 계기를 통해 소중한 친구를 지킬 수 있었고, 친구와의 관계에 믿음이 더욱 두터워졌다며 자신의 선택이 옳았음에 쾌재를 부르고 있다.

〈있는 그대로 받아들이기〉

우리의 주변에는 사랑을 아름답게 받아들일 줄 모르는 사람들이 더러 있다. 사랑을 받았는데 그것이 사랑인지 모르거나 상대의 감정을 진심으로 받아들이지 않는다. 아름다워질 수 없는 그들의 관계가 안타깝기 그지없다.

어쩔 수 없는 상황으로 입양이 될 수밖에 없었던 안타까운 고아 A 씨의 이야기를 하겠다. A 씨의 부모님은 가정 형편이 너무나도 어려워 가난을 물려주고 싶지 않아 결국 입양을 보낸다. 입양된 가정의 부부는 성품이 따뜻하고 올바르며 진심으로 A를 친딸처럼 키웠다. A에게 생기는 일은 이유 불문 만사를 뒤로하고 영순위로 처리하였다. A가 열이라도 많이 나는 날에는 밤낮 잠을 이루지 못하며 머리에 물수건을 올려놓으며 열이 식고 있는지 이리저리 어루만져댔다.

하지만 이토록 행복한 가족의 따뜻한 이야기도 끝. 여느 드라마와 다를 것이 없었다. 자신이 입양되었다는 사실을 알게 된 후부터 A는 방황하고 그로 인해 부부는 적잖은 충격을 받았다. 부부는 입양하는 그 순간부터 지금까지 한결같이 사랑을 주었는데 어쩌다가 그토록 사랑받아왔던 A의 마음이 틀어지게 되었을까.

A는 부모님이 자신을 사랑이 아닌 대리만족의 대상으로 생각하고 키운 것이 아니냐며 오해한다. 부모님이 아이를 마음으로 낳을 수밖

에 없었기에 A를 선택한 것이며, 자신들의 아이 대신의 역할이기에 사랑을 해준 것으로 착각했다. 한번 마음을 삐뚤게 먹으니 한도 끝도 없이 삐뚤어져 갔다. 하지만 부부의 입장은 전혀 달랐다. 단 한 번도 A를 양딸이라 생각하지 않았고 일편단심으로 사랑한 것이다. 그렇지만 A의 마음을 돌이키기는 스스로 마음을 달리 먹는 것뿐 부부가 어찌할 도리가 없었다.

A가 처음 그대로 길러준 부모를 친모, 친부라 생각하고 지냈다면 아무 문제가 없었을 것이다. 그랬다면 부부가 주는 사랑을 여느 부모가 자식에게 주는 사랑처럼 감사히 받아들이지 않았을까. 도대체 왜 A는 자신이 친딸이 아니라 입양이 되었다는 사실 하나로 사랑을 받아들이는 마음이 180도 변하게 된 것일까. 어쩌면 A는 지금 자신의 감정이 아닌 사실에 감정이 치중되어 사랑받고 있다고 믿고 있던 감정을 지워버렸을지 모른다.

사랑은 주는 사람의 마음도 중요하지만 받는 사람의 마음도 중요하다. 상대는 맹목적인 사랑을 주고 있지만 받아들이는 사람이 그럴듯한 이유를 만들어 내어 상대의 마음을 다르게 생각한다면 이를 해결하는 방법은 없을지도 모른다. 어쩌면 사람의 마음은 있는 그대로 받아들이는 것이 가장 마음 편한 것이 아닐까.

사람을 움직이는
감정 훈련

〈감정은 정확하게 전달하라〉

나는 어떤 감정을 표현하고 싶은가? 나는 내 감정을 제대로 표현하고 있을까? 감정을 표현하는 모습은 제각기 다르기 마련이다. 누군가는 평생 감정을 표현하지 않으며 살아가길 원하고, 누군가는 감정 표현을 숨기지 않고 드러내는 삶을 추구한다. 적당한 선을 지키며 감정을 표현하는 것, 사랑받는 사람이 될 우리에게 주어진 큰 숙제이다.

혼자 방안에만 틀어박혀 24시간 365일을 지내는 것이 아닌 이상 당신은 눈 감는 그 순간까지 평생을 타인과 감정을 나누며 살아간다. 그렇게 상대와 어울리기 위해 감정을 나타낼 때도 있고 때로는 나의 존재감을 알리기 위해서도 감정을 표현한다. 하지만 아직도 감정 표현을 어색해하고 숨기려는 이들이 있다. 만약 사람이 감정 없이 상대를 마주 보고 대화하고 교감한다면 어떨까. 상대를 대하는 당신의 모습이 마치 인공 지능 AI를 대하듯 딱딱하거나 사무적으로 보일 것이다.

감정 표현의 중요성을 알았다면 표현 방법을 알아 적용해야 한다. 감정 표현은 지나치게 많이 표현하거나 지나치게 적은 경우에도 문제가 되지만 적절한 표현을 사용하지 못한 경우에도 문제가 된다. 예를 들어 '서운하다.' '허무하다.' '실망했다.' 등 많은 감정 중에서도 단 몇 가지 표현밖에 할 줄 모르는 상대와 대화를 한다면 상대와의 의사소통이 잘 이루어지고 있다는 생각이 들지 않는다. 최악의 경우에는 공감이나 존중받지 못한다는 기분이 들고 결국에 우리는 상대와 대화를 중단한다.

"도대체 왜 짜증이 나는 거니? 왜 그렇게밖에 표현을 못 해?"

"좀 더 너의 감정을 제대로 말해줄 수는 없니?"

"너랑 대화하면 답답해."

자신의 감정을 정확하게 표현할 수 없다면 말하는 자신과 그 말을 듣는 상대가 모두 답답해진다. 상대에게 자신의 감정을 제대로 전달하기 위해선 정확한 표현을 사용해야 한다. 아무리 가까운 관계에서도 감정이 잘 전달되지 않으면 단순히 솔직하게 말하는 것으로 의사소통이 이루어져 있다고는 할 수 없다. 감정을 표현하는 것은 타고 난 재능이 아니라 배우면 충분히 할 수 있는 기술과도 같다. 감정 훈 련을 공부하고 실천한다면 감정 표현의 정확도를 100%로 키울 수 있다. 감정 표현을 더욱 명확히 하는 방법에 대해 알아보자.

첫째, 감정 표현 명사를 익히자. 감정을 표현하는 명사는 셀 수 없 을 정도로 많다. 그렇게 다양한 명사를 조합하여 더 풍부하게 만들 어 주는 동사를 공부하는 것이다. 감정 표현이 서투른 사람들에게 나타나는 공통점은 감정을 표현할 수 있는 명사나 동사를 모르며 이 는 문제점으로 작용한다. 서운하고 허무하고 실망한 감정을 '싫음' 으로 표현하고 즐겁고 특별하고 유쾌한 감정을 '좋음'으로만 나타 내지 않도록 다양한 표현법을 익혀야 감정을 잘 전달할 수 있다.

둘째, 정확한 감정 전달의 방해 요소를 찾자. 감정을 정확하게 전 달할 수 없는 이유가 있을 수 있다. 자신감 부족 또는 자기감정을 외 면하는 것은 내부적인 문제로 취급된다. 이때엔 자기감정 표출에 대 한 필요성을 먼저 공부하고 자기감정에 대한 솔직함을 약속해야 하 며 꾸준히 연습해야 한다. 외부 환경이나 상황에 따라서 어려움을 겪을 수도 있다. 예를 들어 상대에 대한 신뢰가 부족해서 고의로 감 정을 진솔하게 전달하지 않을 수 있다. 그렇지 않으면 존재만으로도 위압감을 주는 상대이거나 상대와의 관계 때문에 억지로 감정을 억 누를지도. 이러한 경우는 감정 훈련이 아니라 상대와의 관계 개선부터 풀어나가는 것이 훨씬 시급하다.

셋째, 감정반응속도를 제어하자. '앞을 보는 자는 뒤와 옆을 못 본다.' 라는 옛말이 있다. 자신의 눈앞에 닥친 일만 바라보니 뒤와 옆에서 일어나는 일은 모른다는 뜻이다. 이처럼 성급하게 굴지 말고 뒤와 옆을 돌아보면서 상황을 헤쳐 나가라는 선조의 깊은 뜻을 감정 훈련 방법에 녹여내고 싶다. 감정을 전달할 때에도 급하게 하려다 보면 돌아가는 상황에 대한 판단력이 흐려져 오히려 감정의 정확도가 떨어질 수 있다. 상대에게 전달받은 감정에 대해 나의 감정에 반응할 때에는 속도를 줄여 주위를 충분히 둘러본 뒤에 느낀 점을 전달한다면 정확도가 높아질 것이다.

넷째, 타이밍을 노리자. 감정을 표현하고 싶다고 아무 때에나 자신의 감정을 말하는 것과 적당한 순간을 노려 말하는 것은 큰 차이가 있다. 지금 당장 내 감정을 표현하고 싶은데 정작 상대는 들을 준비가 되어있지 않을 수 있다. 감정은 전달하는 사람과 받는 사람이 함께 준비하는 것이다. 감정을 표현하는 자신만 준비가 완료되었다고 무작정 전달하지 말고 상대를 엿보자. 예를 들어 곧 중요한 시험을 앞둔 상대에게 자신의 감정을 정확하게 전달한다고 한들 귀 기울여 들을까? 또는 상대가 뿔이 잔뜩 나 있는 상황에 자신의 감정을 호소한다고 경계심 없이 정확하게 느낄까? 이처럼 감정을 정확하게 전달하고자 할 때는 상대의 상황을 객관적으로 바라보고 타이밍을 잡는 것이 중요하다.

마지막으로 나만의 감정 표현 패턴을 만들자. 잠시 영어공부를 할 때 상상해 보자. 말문이 턱 막혀버리는 해외여행을 가기 전 우리는 몇 가지 간단한 말들을 외워간다. 예를 들어 "빵집이 어디 있나요?"를 말하는 "Where is a bakery?"에서 "Where is"는 패턴이 되는 것이고, 우리는 그 패턴을 외워간다. 그 뒤에 빵집이든 기차역이든 화장실이든 가져다 붙이기만 하면 말이 통하도록 말이다. 감정을 표현하기 위한 감정 표현 패턴도 똑같다. 어떤 이유에 있어 감정을 정확하게 표현하기 어려운 상황이 오면 머리가 하얘지면서 아무 말도 하지 못하고 대화가 끝이 날 수 있다. 그때를 놓치지 않기 위해서 몇 가지 표현법을 미리 만들어 놓는 것도 추천한다.

일전의 나는 감정 표현이 어색하고 서툴렀던 사람이다. 그래서 상대에게 서운한 일이 생기면 무슨 이유인지 서운함이 아닌 화가 치밀어 올랐었다. 서운한 감정을 느끼는 내가 괜히 부끄럽고 자존심 상해하는 흔히들 하는 감정의 판단 실수였다. 그렇게 상대에게 말을 하기도 전에 분노가 먼저 분출되다 보니 얼굴에 열이 가득 차올라서는 말 한마디 못하거나, 눈물이 먼저 흘러나와 뒷모습을 보일 때도 있었다. 그 때문인지 나는 항상 화를 내는 사람처럼 보였고 감정 전달을 올바르게 하기 위해서는 조치가 필요하다 생각했다. 비슷한 상황이 생기면 흥분하지 않고 차분하게 말할 수 있도록. 그렇게 여행을 떠나기 전 영어를 공부하며 말의 패턴을 외우던 것을 기억해 내어 응용했다. 금방 꺼내어 쓸 수 있는 감정 표현 패턴을 만드는 것이다. "난 너에게 ~한 이유로 서운했어. 서운함이 생기니 너와 ~을 하는 것이 괜스레 불편하더라. 하지만 이제는 이렇게 너와 다시 잘 지내고 싶어."라며 서운한 상황이 생겼을 때 정리된 패턴을 꺼내어 '감정', '감정의 원인', '해결방안'을 말한다. 상대가 정확하게 이해하도록 감정을 표현할 수 있다는 자신감이 생기니 내 마음이 평온해졌고 따라서 정확한 감정 전달이 가능해졌다.

감정은 정확하게 전달하는 것이 많이, 자주 표현하는 것보다 중요하다. 감정이 잘 전달되지 않으면 감정을 가진 사람이 아닌 감정이 없는 기계 따위와 대화하는 것과 같이 느껴지기 때문이다. 감정은 상대에게 자주 전달했느냐가 중요한 것이 아니라 정확하게 전달했느냐가 중요하다. 5가지 감정 전달법으로 더욱 확실한 감정 표현이 가능해지길 바란다. 자신의 감정을 상대가 먼저 알아주기를 기다리지 말고 자기감정을 정확하게 전달해 보자.

〈상담을 많이 해 봤다고 계약이 많은 것은 아니다〉

우리가 살아가며 접할 수 있는 직업은 '영업'이나 사람을 대하는 '서비스' 부분이 밀접하게 연관되어 있다. 제아무리 좋은 기술을 가지고 있다고 한들 직원의 태도가 불친절하거나 충성 고객임에도 섬세한 서비스 하나 없다면 금방 다른 곳으로 옮겨가기 마련이다. 그럼 옮겨간 그곳은 역시 좋은 기술을 가지고 있는가? 꼭 그렇지마는 않다. 기술은 조금 뒤떨어지더라도 우리 가게로 와달라며 대접받고자 하는 심리를 가진 고객은 사소한 서비스와 친절함으로 단골 가게를 바꿀 수 있는 마음이 생긴다. 이렇게 감정을 흔들 수 있는 행위는 크든 작든 엄청난 결과를 초래한다.

커피 가게 사장은 매일 아침 한 잔씩 팔아주는 고객을 유치할 수 있다. 학원 원장님은 수업에 만족한 어머님으로부터 입소문이 날 수도 있고 자동차 딜러는 손님의 지인을 소개받을 수도 있다. 이렇게 상대의 감정을 흔드는 힘을 가진다면 본인의 역할에 따라 손님들을 단골로 만들 수도, 나만의 홍보대사로 만들 수도, 마지막으로 나의 사업이나 업무실적이 향상될 수도 있다.

심리학과를 졸업하고 전문적으로 심리 공부를 해서 그 방향으로 나아갈 것이 아님에도 나는 꾸준하게 사람의 심리를 궁금해하며 얇게나마 공부한다. 무조건 들이대는 것보다는 심리를 흔드는 스킬을 가지고 상대를 대하는 것이 훨씬 정확하고 빠르다. 우리는 매일같이 사람을 상대하고 관계를 맺는다. 상대를 흔들고자 하는 스킬이 부족해서 목적을 달성하지 못할 때가 있었을 것이다. 그 목적이 크든 작든 좋은 것이든 나쁜 것이든 상대의 마음을 얻어야 할 때는 부담과,

어떻게 말할지에 대한 고민이 따라온다. 이러한 감정은 쉽사리 사라지지 않는다. 오히려 사람과 관계 맺는 그 하루 속에서 매번 불안하고 두려울 것이다.

살아감에 있어 떼려야 뗄 수 없는 사람과 사람의 관계 속에서 계속 불안에 떨며 살아갈 것인가? 이제부터는 최대한 상대의 감정을 흔들어 가며 원하는 목적의 방향으로 함께 끌어가 보자.

4장 Tip

4장에서는 자존감 브랜딩을 하기 위한 '심리'를 다뤘다. 그중에서도 믿음의 중요성을 가장 먼저 다뤘다. 우리가 지금 당장 사랑하는 사람을 떠올릴 때 앞서 말했듯이 언젠가 내 뒤통수를 칠 사람을 떠올리진 않을 것이다. 또 다른 예로 내가 회사 오너인 경우 스스로에게 믿음이 없어 소극적으로 업무에 임하는 직원에게 중대한 임무를 맡기기는 왠지 모르는 꺼림직함에 선뜻 제안하지 못할 것이다. 그만큼 사람 관계에 있어 믿음이 중요하게 자리 잡는다.
브랜딩한 사람들을 보고 있자면 그들의 특징이 있다. 바로 자기 자신을 '믿음을 주는 사람, 확신 있는 사람'을 타이틀 삼아 이미 지화하고 강조한다. 자연스럽게 중요한 자리에는 그가 떠오르게 될 수밖에.

지금, 브랜드화 단계에서부터 우리는 노력해야 한다. 누군가의 비밀을 여기저기 말해서도 안 되고 내가 한 말에 무책임한 행동을 보이는 것도 안 된다. 믿음, 확신하면 생각날 수 있는 사람이 되자.

다음으로 상대와의 불편함이나 의사소통의 오해를 피하기 위해서는 감정을 정확하게 전달해야 함을 배웠다. 앞의 내용을 다시 짚겠다.

첫째, 감정 표현 명사를 익히자.

둘째, 정확한 감정 전달의 방해 요소를 찾자.

셋째, 감정반응속도를 제어하자.

넷째, 타이밍을 노리자.

다섯째, 나만의 감정 표현 패턴을 만들자.

'감정 표현 패턴 만들기'는 여러 상황을 준비해 놓을수록 좋다.

내가 상대를 사랑할 때

내가 상대를 그리워할 때

내가 상대를 화나게 했을 때

내가 상대를 서운하게 했을 때

상대가 나를 놀라게 할 때

상대가 나를 감동시킬 때

상대가 나를 무시할 때

상대가 나를 욕할 때

긍정적인 상황과 부정적인 상황을 구분 지어서 나만의 감정 표현
패턴을 만들어 보자.

대화의 즐거움과 그로 인해 소중함까지 느끼게 하는 공감이 중요한 이유와 사실은 이제 충분히 알고 있다. 하지만 진실하지 못한 공감은 간혹 부작용을 낳기도 한다. 그 공감은 바로 상대의 말에 무조건 공감을 하는 거짓 공감이다.

PART

05

사랑받는 자세 브랜딩 :
리스닝의 기술

그만 말하기

〈TMT 와 TMI〉

유독 말이 많은 사람들이 있다. 수다스럽다고도 하고, 이야기꾼이라고도 한다. 그들과 있을 땐 시간 가는 줄도 모르고 대화를 나누게 된다. 하지만 그들의 언변이 모두 긍정적인 것만은 아니다. 간혹 말의 양이 지나치게 많은 TMT(too much talker)와 필요 이상의 소식을 전하는 TMI(too much information)라는 캐릭터가 있다. 과유불급이라고 재미난 소식도, 대화를 이끌어나가는 이야기들도 지나치면 불쾌하게 느껴진다. 이야기하다 보면 '그래서 어쩌라고' 자리를 박차고 일어서서 한마디 던지고 싶을 때가 있었을 것이다. 그런 이와의 대화는 시간을 내서 한 것에 비해 기회비용이 너무나도 커 차라리 안한 것만 못했다는 생각이 들기도 한다. 본인의 일화만 장황하게 내놓거나 더 이상의 설명은 하지 않아도 되는데 A부터 Z까지 정보를 전달하는 이들을 보면 마치 내가 궁금해서 밤잠을 설치다 못해 선생님께 다음날 등교하자마자 여쭤보는 학생이라도 된 듯하다. 다음번에는 눈만 마주쳐도 대화가 시작될까 겁이나 본격적으로 피하기 시작한다.

TMT는 너무 많은 말로 가끔 상대를 지치게 한다. 대화는 당연하게도 '소통'을 위한 것인데 일방적인 '말'만 하는 TMT 스타일의 사람을 보고 있자면 소통은커녕 어쩜 저리도 이기적일까 싶기까지 하다. 가령 나 역시 용건이 있어 전화를 걸었지만 내 용건 전달은 하지도 못하고 통화를 종료할 때가 있다. 나의 기억 속에 A는 항상 말이 많은 사람이었다. 내가 생각을 전달할 수 있는 대답은 할 틈조차 주지 않고 자신 얘기만으로 봇물이 터져있는 A를 보자면 그녀는 단순히 어, 응, 아 정도의 리액션만 내가 할 수 있도록 허용하는 것 같았다.

즉, 나는 지금의 통화에서 말을 하면 안 되는 사람처럼 느껴졌고 이런 일방적인 대화로 인해 10분도 안 되어 A와의 대화에 흥미가 뚝 떨어진다. 15분이 지나면 집중력까지 상실된다. 사실 대화 주체의 나는 아예 없으니 무슨 말을 하는지도 모르겠고 공감할 부분도 없지 않나. 마치 내가 A의 일기장이 된 것 같았다. 30분 정도 본인 얘기를 신나게 하고 나면 나에게 물어본다.

"그래서 너는 왜 전화했어? 무슨 일 있어?"

그 순간 나조차 잊고 있었다. 통화 용건은 나에게 있었다는 것을. 분명 통화는 내가 시작했는데 어느새 주최자는 A가 되어 있었고 항상 그녀는 자기 얘기하기 바빴다. 이런 대화방식은 오프라인 만남에서도 똑같다. 비슷한 일이 반복되다 보니 나는 점점 A와 통화하기를 주춤거렸고 10분 정도의 짧은 시간이 아닌 최소 30분의 여유시간이 있을 때 통화를 시도하고자 한다.

나의 예를 보았을 때 TMT는 대화를 피하게끔 만드는 대상으로 보인다. 한마디로 나의 경청의 능력을 확인하는 것 같아 부담스럽기까지 하다. 하지만 때로는 정말 오랜만에 만나서 친한 상대에게 하고 싶은 이야기가 많을 수도 있다. 본인이 할 얘기가 너무나도 많을 때 차라리 상대에게 미리 양해를 구하는 것도 좋은 방법이다.

"오늘은 다소 길 수 있는 나의 얘기를 네가 들어줬으면 좋겠어. 한동안 너에게 말하고 싶은 것을 참느라 아주 힘들었거든. 나에게 많은 일이 있었어."

솔직하게 말하고 TMT가 되길 자처해라. 당신의 말을 들어주기 위해 온 사람은 설령 1시간일지언정 당신의 말에 귀 기울여 줄 것이다. 아닌 척 모르는 척 본인 얘기만 하는 사람보다 훨씬 더 주변 사람들에게 사랑받을 수 있는 TMT가 되는 것이 좋지 않을까?

또 다른 문제 유발 Too Much Information TMI에 대해서 얘기

하겠다. TMI의 사람들은 자신이 여태껏 모아놨던 정보를 틈만 나면 주변에 전달하기 바쁘다. 선생님이라도 된 마냥 나에게 뭔가를 알려주고 있는 이 사람을 보고 있자면 '이제 그만해'라는 말이 절로 나온다. 가끔씩 정말 나에게 필요한 정보를 주는 경우는 그나마 낫다. 예를 들어 해외여행에 대한 정보라든지 맛집이나 괜찮은 미용실 정도는 언젠가 써먹을 일이 있을 테니까 넘어가지만 그렇지 못한 경우도 생긴다.

A: "너 그 옷 얼마에 샀다고 했지?"

B: "60000원에 샀어."

A: "그거 내 친구의 친구가 40000원에 샀대."

또는 "너 아파트 시세가 많이 떨어졌더라. 지금 시기에 아파트를 알아보지." "네 차보다 우리 언니 차가 비슷한 가격대의 차들 중 내부가 훨씬 더 크고 옵션도 많고 차가 높아서 여자가 운전하기 더 편해 보이더라."와 같은 '모르는 게 약'인 정보를 눈치 없이 전달하는 TMI도 있다. 구매한 옷을 시간이 지나 다른 곳에서는 4만 원이라며 따질 수도 없고, 이미 이사할 시기에 맞춰 이사를 진행했건만 돈을 잃은 듯한 기분을 털어버릴 수 없고, 큰맘 먹고 구매한 차를 교환해달라 할 수도 없다.

본인의 정보 전달 희열에만 눈멀어 상대방에게 찝찝한 마음을 남겨주는 No Back(돌이킬 수 없는) TMI는 절대로 먼저 조언을 구하지 않는 한, 말하지 않는 것이 좋다. 아니, 오히려 조언을 구하더라도 모르는 척 넘어가는 것이 때로는 그 사람에게 이로울 수 있다.

〈대화의 황금비를 찾아라〉

1:1.6, 신의 비율 즉, 황금비라고 불리는 비율의 수이다. 신용카드의 크기, 액자의 크기, 창문의 비율, 인체의 비율 등 안정감과 아름다움을 가장 잘 표현할 수 있는 비율이라고 한다. 대화에서도 황금비가 있다. 바로 '1/n'(사람 수/시간)이다. 점심시간, 식사 후 30분의 티타임 동안 3명의 직원이 10분씩 돌아가며 말을 하거나 6명의 직원이 5분씩 말하는 것이다. 물론 정확하게 시계를 보며 계산할 수는 없는 노릇이지만 그만큼 발언권을 비슷하게 분배해야 함은 지켜져야한다. 말하는 사람 따로 있고 듣는 사람 따로 있는 대화는 어쩌면 TMT가 성장하는 뿌리가 된다.

저자는 그간 자주 만나지 못한 지인들을 만나는 날이면 그동안 차곡차곡 모아두었던 지난 시간을 이야기할 때 느꼈던 불편함이 있었다. 너무 오랜만에 만난 나머지 서로 동시에 얘기하려니 대화가 종종 꼬여버리는 것이다. 그래서 (스타강사 김미경의 강의를 보고 딱 좋은 방법이다 싶었음) 모임에서 시간을 분배하는 1/n 대화 황금비에 맞춰 대화를 진행해 보았다.

처음에는 꼭 그렇게까지 해야 하냐며 다들 웃음이 터졌다. 공평하게 자기 이야기를 할 시간을 가지기 위해서 우리는 카페에서 2시간을 보낸다는 가정하에 5명이 약 10분씩 대화 2바퀴를 진행하기로 했다. 대화의 마침표를 찍을 때가 되니 비웃던 멤버들의 반응은 아주 긍정적이었다. 오히려 각자의 얘기를 주어진 시간 내에 대답하기 위해 매끈하게 다듬거나 하려던 말의 핵심을 짚어서 사람들의 집중을 높였다. 그렇게 다듬어진 대화는 듣는 사람의 입장에서 훨씬 더 이해하기가 쉬웠다. 하지만 이보다 더 좋은 효과는 다음과 같았다.

가령 열띤 대화 속에서 대화의 주체가 본인이 아닐 때 문득 소외감을 느끼고 대화의 타이밍을 엿보고 있을 때가 있다. 주변 사람들의 대화 주제는 중요치 않고 무엇이라도 말해야 할 것 같은 생각에 마구잡이로 대화에 끼어들려 한다. 하지만 1/n 대화비에 맞추니, 대화에 참여하겠다는 강박관념이 생길 필요가 없다. 자신의 차례가 곧이어 올 것을 알기에 다른 사람들의 말을 경청할 줄 아는 여유도 생긴다. 참으로 일석이조다.

대화의 황금비에 따라 진행한 이번 나의 모임에서는 결국 한 사람의 열외 없이 본인의 근황을 자유롭게 얘기하고 의견을 전달했다. 심지어 평소에 말수가 적어서 존재감이 없다며 놀림당하던 친구조차 할당된 시간만큼 자신의 이야기를 꽃피웠다. 앞으로는 TMT나 TMI 그리고 열외자가 없는 대화를 위해 황금비를 따라 보는 것이 어떨까?

02

오래도록 기억하는
#해시태그

〈기억하지 못하면 기억될 수 없다〉

신혼여행에서 돌아온 당신. 일주일간의 긴 여행에서 돌아와 오랜만에 회사로 출근을 했다. 도착하자마자 결혼을 축하해 준 직장동료들에게 감사 인사를 돌린다. 한 사람 한 사람 기억하며 골라온 선물을 나눠주며 신혼여행 기분을 물씬 느끼고 있다. 신혼여행지에서 유명하다는 핸드크림과 간식을 옆자리 정 대리에게 건네고 있는데 뒤에서 김 부장이 말한다.

"그래서 결혼 언제 해?"

참으로 해맑게 물어보시는 김 부장님을 보면서 선물 봉투 속 김 부장님 선물을 슬며시 숨기고만 싶어진다. 어쩜 이렇게 기억력이 없는

지, 나이가 들어서 그런가 측은하기도, 섭섭하기도, 밉기도 하다. 당신은 이 시간 이후부터는 김 부장님에 대한 모든 것들을 똑같이 흘려듣겠다고 결심한다. 이로써 김 부장님은 기억하지 못해 기억될 수 없는 사람이 되어 버렸다. 사소한 일이라고 여기지 마라. 당신의 일이라면 여유로운 마음으로 용서할 수 있을까?

자신에게 의미 있는 순간을 기억하지 못하는 사람들을 보면 서운한 마음과 함께 그간 있었던 감사했던 마음까지 확 사라지게 된다. 내가 진지했던 만큼 상대는 진지하지 않았다는 것이 느껴지고 겉치레 인간관계에 대한 회의감이 느껴진다. 인간관계는 실로 사소한 순간의 모음이다. 잔돈에 맘 상한단 말이 있듯 사소한 부분을 놓쳤을 때 사소하기에 오히려 서운함이 커지는 경우가 있다.

그렇게 김 부장을 지나쳐 선물을 나눠주다 파티션 너머에서 결혼식 날짜, 시간, 결혼식 때 나의 모습 하나하나 기억해 이야기해 주는 박 부장이 나타난다. 나의 드레스가 어땠는지, 뷔페 맛이 좋았고 특히 회가 신선했다며, 사진 찍을 때 웃음이 그렇게 넘쳤다며, 그때 자신의 지난 결혼식이 떠올랐다며 내게 말해 주었다. 이 대화를 하면서 수많은 사람에게 축복받던 결혼식 날이 생생하게 떠오르고 결혼식장에 한 번 더 선 것 같은 그런 기분이 들었다. 자연스럽게 주고받는 대화는 즐거워졌다. 박 부장을 더 또렷하게 기억하고 소중한 사람으로서 대해야겠다는 생각이 드는 것은 오버가 아니었다. 박 부장은 이후로 내내 고마운 사람이 되었다. 사소한 일이지만 사소하기에 더욱 마음이 동할 수밖에 없었달까.

기억을 공유하는 것은 강한 유대감을 만든다. 사랑받는 사람들은 항상 기억하고 상대에게 의미 있었던 일을 자신에게도 의미 있는 날로 남긴다. 사실 그들이 하는 말은 그 당시에 상황을 대표하거나 묘사하는 몇 가지의 키워드일 뿐이다. 결혼식을 기억해 내는 결혼식, 뷔페, 하객, 사진 단 4가지 단어로 그들은 상대의 마음을 활짝 연다. 그렇게 이들은 감사한 사람들로 내내 기억된다. 아주 간단한 키워드를 기억해 줌으로써 그들은 꽤나 긴 시간 동안 친밀함과 감사함으로 기억되는 사람이 된다.

이 두 사람의 차이는 단순히 기억력의 차이일까? 김 부장은 기억력이 떨어지고 박 부장은 기억력이 좋아서 관계가 달라지는 것이 아니다. 누군가에게 존중받고 싶고 소중하다고 여겨지고자 하는 욕구는 누구에게나 있다. 하지만 반대로 자신이 누구나 존중하고 누구나 소중히 여기진 않는다.

결혼식장에서 신부의 곁을 내내 지키는 사람은 열 손가락 채 꼽을 수 없을 것이다. 그만큼 자신의 소중한 순간에 초대되었음에도 하나하나 눈여겨 봐두는 이는 적은 것이다. 하지만 슬퍼할 필요는 없다. 모든 이에게 사랑받는 사람이 될 필요가 없기 때문이다. 하지만 당신이 의미 있다고 여겼던 이들이 김 부장의 사례처럼 당신의 소중한 순간들을 기억해 주지 못한다면 그 관계는 앞으로 더 의미가 깊어질 리는 없을 것이다. 반대로 당신도 그렇다. 당신이 기억해 주지 못한 경우에는 그 사람의 사랑을 받지 못할 수 있다.

위 사례에서 두 사람의 차이는 바로 '관심'이다. 상대의 상황에 자신이 집중하고 관심 가지고 있음을 충분히 표현하느냐 하지 않느냐이다. 박 부장은 평소 대화에 적극적으로 참여하고 여러 번 혹은 오랜 기간 같은 기억을 사람들과 주고받는다. 그가 누구에게나 선명하게 기억되는 이유는 바로 상대에게 관심 가지는 마음가짐 때문이다.

키워드로 기억하라더니 갑자기 마음가짐? 의아할 수 있지만, 당신이 사랑받는 사람이고자 한다면 마음가짐부터 달리 먹어야 하는 것이 사실이다. 당신이 누군가를 관심으로, 애정으로, 사랑으로 대하지 않는다면 그들 또한 그 마음을 먼저 쥐여 줄 리 없다. 일방적으로 나를 기억해 내는 것을 바라지 말자. 하물며 공인도 연예인도 아니며 스토킹을 바라는 것이 아니라면 더더욱.

관심은 서로 주고받는 것이다. 한쪽이 받기만 하는 것도, 주기만 하는 것도 건강하지 못한 관계로 이어진다. 기억되고 싶다면 먼저 기억하자. 단 몇 가지의 단어가 당신의 인간관계를 더욱 원활히 만들어 주는 윤활제가 될 것이다.

〈명함 뒷장에 해시태그를 달아라〉

우리는 SNS에서 마음에 드는 카페를 발견하면 그 즉시 캡처를 하거나 게시물을 나에게 저장해 두는 등 나만의 보관 방식을 이용해 카페 상호, 주소, 영업시간을 기억해 둔다. 친구에게 함께 가자고 실컷 말하고 만났는데 문제는 저장이 되어있지 않았다. 허탈해하는 친구를 보니 미안하고 당황스럽다. 나는 최대한 당황한 기색을 보이지 않은 채 기억을 되짚어 본다. 다행히 사진 밑에 '연관검색어' 같은 존재 해시태그(#)를 더듬어 동네, 유행하는 카페 게시물을 여럿 보다가 원하던 카페를 찾았다. 이처럼 대표되는 몇 가지의 키워드를 알음알음 모아 둔다면 기억에 큰 도움이 된다. 사람도 똑같다. 상대의 대표 키워드를 기억한다면 언젠가 상대를 파악하는 키워드의 모음집이 되어있을 것이다.

아무리 스마트한 세상으로 바뀌어도 아직은 사람들이 통상적으로 명함을 건네 인사한다. 거래처 방문 시 새로운 파트너와 명함을 주고받고 마음에 드는 가게의 명함을 가져오고 상대가 내미는 명함을 받다 보면 어느새 수북하게 쌓인 명함을 볼 수 있다. 이만큼씩 모여지면 솔직하게 헷갈린다. 분명 열심히 자기를 소개하던 사람의 얘기를 놓치지 않고 집중해서 경청했는데 머리가 새하얘져서는 아무런 기억이 나지 않는다. 사람의 기억력은 한계가 있기에 그럴 수 있다며 애써 자기합리화를 해 본다. 하지만 자신이 기억되지 못했다는 생각에 벌써 서운함이 솟구치는 이가 생기니 시급하게 해결해야만 하는 문제다.

문제는 이뿐만이 아니다. 기억되지 못한 사람은 오해로 인해 딜레마에 빠지기도 한다. 자신이 부족한 사람인지 상대에게 PR이 부족했는지 여러 이유를 자신에게서 찾다 보니 그렇다. 때로는 상대방을 아예 경청할 줄 모르는 무례한 사람으로 생각한다. 그래서 자신을 위해서도, 상대를 위해서도 기억해야만 한다.

무작정 기억하려면 또다시 기억력의 한계에 부딪혀 잊어버리는 일이 반복될 수 있다. 그러니 명함에 해시태그를 달아보자. SNS 속 사진처럼 명함을 교환할 때 명함 아래에 연관해서 기억할 수 있는 키워드를 적는 것이다. 기본적으로 명함에는 이름, 연락처, 회사, 회사 주소, 직급은 기재되어 있으니 반은 얻어걸린 셈이다. 그 뒤를 이어 간단하게 자신이 알 수 있는 해시태그를 다는 것이다. 상대의 이야기를 경청해서 듣다가 포인트 단어를 캐치하자.

나의 에피소드를 말하자면 내가 거래처 관계로 만난 A는 귀여운 외모와 말투를 소유하고 있었다. 게다가 실제로도 나보다 어린 나이의 A가 유부녀라고는 상상도 못 했다. 그래서인지 나는 A를 만날 때마다 좋은 짝을 소개해 주겠다는 웃고픈 실수를 연달았고 A는 그런 나에게 "재현 씨, 저 결혼했다니까요."를 매번 반복하기 일쑤였다.

이 정도는 애교로 넘어갈 법한 실수다. 하지만 여러 번 반복되면 본인을 정확하게 제대로 기억해 주지 못했다는 생각에 서운함을 느낄 수 있다.

그래서 명함에 대화의 내용을 기록하거나 그 사람이 떠오르는 특별한 키워드를 해시태그하는 것도 좋은 것이다. 나는 이후 A의 명함에 다음과 같이 태그를 붙였다. #유부녀 #자녀 2명

끝이 아니다. 이 책이 탄생할 수 있도록 도와주신 선생님, 임시완 작가님을 만났을 때는 그의 필력에 반해 태초부터 작가의 길을 걸은 사람으로 생각했다. 하지만 그는 이전에 큰 대학병원 간호사였으며 떡 영업사원으로 열심히 뛰어다니기도 하였던 다재다능한 사람이었다. 상반되는 그의 경험에 손뼉 치고 동경의 눈빛을 보낼 땐 언제고 시간이 지나 다시 그를 만나면 작가로서의 모습과 매치가 되지 않는 간호사나 영업사원 직업을 잊는다. 까딱하다간 그날의 대화가 리셋될 것 같아 그의 명함 뒷장에 새겼다. #OO대 간호사 #떡 #영업사원

이렇게 하나씩 태그해 둔 명함은 시간이 지나고 보았을 때 상대와의 만남이 어제 일처럼 생생하게 생각나며 둘 사이에 나눈 대화까지 기억난다. 기록해 둔 단어를 통해 그 사람을 다시금 떠올릴 수 있고 실수를 금할 수 있다. 결혼 적령기를 훌쩍 넘긴 사람에게 깜빡하고 자녀에 대한 질문을 던지는 난감한 상황은 남 얘기가 아니다. 생각만 해도 아찔하다. 애초에 예민한 질문하기를 조심해야겠지만 그보

다 먼저 상대가 불편한 사실에 대해 언질을 주었다면 꼭 기억하자.

상대의 명함을 특색 있게 만들어 주는 하나의 작은 습관이 나중에 얼마나 좋은 영향을 미칠 것인지 깨닫게 되는 순간이 분명 온다. 명함 해시태그 달기, 지금 당신의 지갑 속에 있는 명함부터 뒷장을 채워 보자.

말 없는 대화 : 표정으로 듣기

〈표정으로 듣고 있나요?〉

아직도 무작정 듣기만 하는 사람이 있을까? 이제는 듣기도 기술을 이용해야 한다. 기술 중에서도 말하는 이가 만족할 만한 기술이 필요하다. 어떤 사람은 듣기 기술만으로도 인생을 빛나게 산다. 그 사람들은 다양한 표정을 짓는다는 공통점이 있다. 표정이 다양한 사람과 말하면 주고받은 말수가 적고 대화의 시간이 짧더라도 오랜 시간 많은 양의 대화를 나눈 것처럼 느껴진다. 심지어 그 사람에게는 더 말을 건네고 싶고 지루하다는 생각조차 들지 않게 시간이 흘러간다. 그 사람들을 더 깊이 바라보면 상대의 말 음절 하나하나까지 그에 맞는 표정을 지어 놓치지 않는다.

감정을 나타내는 표정을 능수능란하게 잘 짓는 사람은 사람의 관계에서 조언자나 핵심 인물이 될 수 있다. 사람과 사람 사이에 생기는 예상치 못한 갈등이나 상황이 발생하면 그 사람들은 귀의 역할을 확인하듯 들리는 소리를 마냥 듣고만 있는 것이 아니다. 그 상황에 어울리는 표정을 그려낼 줄 아는 이들은 표정으로써 상대를 제압하기도 하고 격려 또는 공감, 감사, 진심을 전달한다. 듣기 기술 중 하나인 표정으로 인생을 빛낸다니. 당신도 그들처럼 표정으로 인생을 달리 살아보자.

당신의 가장 친한 친구가 술을 한잔하자며 연락이 왔다. 이번 면접에서도 불합격이라는 것이다. 그토록 꿈꾸던 기업에 입사하기 위해 친구들과의 만남도 제쳐둔 채 취업 준비만 해왔는데 삶이 너무 고달프다고 말하는 친구에게 당신은 어떤 말을 해줄 것인가? 그리고 어떤 표정을 지어줄 것인가? 그런 상황에서도 무표정으로 응하기만 한다면 기껏 시간을 내서 만났는데도 만나지 않은 것만 못하다. 그렇다면 과연 표정을 이용하는 사람들은 어떻게 할까? 성향에 따라 다르겠지만 보통은 안쓰러운 표정을 지어 친구의 등을 토닥거리며 다음 기회를 응원해 주거나 오히려 더 굳센 표정을 짓고 회사가 인재를 못 알아본다며 아쉬워하지 말라며 툭툭 쳐준다. 똑같이 상대의 이야기를 들어주기만 했을 뿐인데 정작 말을 한 상대는 무표정의 사람과 표정을 지은 사람에게 느낌을 달리 받는다. 듣기를 잘하는 '경청술'에는 표정이 포함되어 있다.

경청술 중 가장 최고의 기술은 바로 표정을 나타내는 것이다. 듣는 이는 공감하고 있음을 보여주는 척도가 되며 말하는 이는 신이 나서 더 말하고 싶어진다. 표정에서는 "당신과의 이야기가 저에게 잘 전달되고 있습니다."라는 이야기가 담겨 있어야 한다. 상대방이 이야기할 때 아무런 생각도 느낌도 없다는 듯 무표정으로 바라보고 있다면 상대는 오히려 불편함에 이야기를 이어나가지 않을 것이다. 즐거운 친구 앞에서 우울해 하거나, 슬픔 앞에서 웃음 짓는 것이 잘못된 표정이라는 것만 안다면 어렵지 않게 기술을 습득할 수 있을 것이다.

표정이 다양하지 않은 사람들에게서 공통점으로 나타나는 특징은 얼굴 근육 움직임이 드물다는 것이다. 한마디로 귀차니즘이다. 이는 제 얼굴에 표정 하나 짓는 것이 귀찮아 상대방이 무안하게 무표정으로 응대하는 행동이다. 무뚝뚝한 성격에 한결같은 표정은 시크함이나 남자다움을 나타낸다고 아는지 아주 큰 착각에 빠져있다.

예컨대 친구를 만났을 때도 손을 흔들거나 포옹하며 반갑게 웃으며 맞이하는 사람, 그 반면에 반가울지언정 환한 웃음기 없이 미소만 살짝 띠우고 손만 내미는 차이인 것이다. 마지막으로 다양한 표정 구사를 할 줄 모른다는 것이다. 방문을 닫지 않고 나가는 엄마에게 짜증 낼 때 표정, 개그 프로그램을 보면서 웃겨 죽을 때 표정, 사랑하는 사람을 잃어 슬플 때 표정 대부분 거기서 거기이다.

우리가 느끼는 감정은 말로 표현할 수 없는 감정까지 합하면 셀 수가 없다. 그런데 표정은 왜 몇 가지로 한정 지어놓는가? 표정은 정성이다. 입꼬리를 올리는 정성, 눈썹을 치켜서 올리는 정성, 그리고 반달눈을 만드는 정성 이 모든 정성을 얼굴에 쏟는다면 당신의 듣기 기술 '표정'에 흥이 겨워서라도 대화거리가 생기면 당신을 제일 먼저 찾아올 것이다.

하지만 과도한 표정으로 오버하는 것은 피하는 게 좋다. 정도를 지나치는 표정은 오히려 비호감이 될 수 있는 과한 행동으로 거짓되어 보이며 눈살을 찌푸리게 하기도 한다. 적당한 선에서 이해하고 상대의 말을 잘 듣고 있으며 이런 감정이 느껴진다는 정도로만 상대에게 표현할 수 있는 표정이 필요할 뿐이다.

〈문자 소통이 편해진 이유〉

우리가 글자로만 이루어진 문자를 주고받고 있다고 가정해 보자. 목소리가 담긴 말소리가 아닌 문자로 대화를 나누고 있다면 어떤가. 의사소통이 아무래도 말소리보다는 불분명해 상대가 어떤 감정을 가지고 말을 하고 있는지 알 수가 없다. 나도, 상대도 무슨 생각을 하고 있는지 충분히 알 수 없어 헷갈리고 때때로 오해를 만들기도 한다. 아직도 회사 상사나 불편한 상대에게는 전화를 걸어 목소리로 전달할 말과 자판을 쳐서 문자로 보낼 말이 똑같음에도 불구하고 몇 번을 썼다가 지운다. 혹시나 상대가 내 말을 잘못 알아들을까 노심초사한다. 하지만 가족이나 친구, 친한 동료처럼 일반적으로 친밀도가 생성된 사람에게는 문자로 할 말을 쉽게 전달한다. 게다가 시대가 변하면서 '카카오톡', '인스타 DM', '기본 메시지' 같은 매체를 이용한 대화까지 자연스럽고 편해졌다.

처음부터 문자가 쉬웠던 것은 아니었다. 상대에게 보내기 전에 몇 번의 검토 과정을 거칠 수밖에 없을 만큼 어려웠다. 아무것도 곁들여지지 않은 문자만을 통해 의사전달을 한다면 상대가 나의 의도와 달리 상황을 무겁거나 딱딱하게 받아들여 오해를 살 수 있기 때문이다. 그래서 삐삐 시대에는 486(사랑해), 505(SOS), 17175(일찍일찍 와) 같은 삐삐 용어를 사용해서 그나마 의사를 전달했다. 휴대전화가 보급화되니 사람들은 하나같이 조금이나마 정확한 의사소통을 하기 위해 상대의 생생한 목소리를 들을 수 있는 전화를 걸었다. 문자를 보낼 수 있더라도 지극히 할 말만 몇 자 적어 보내는 용도로 쓰였다. 하지만 인터넷 메신저가 발달하면서부터 사람들이 온갖 방법을 동원해 문자에 풍부한 표현을 더하기 시작했다. '하하, 히히, 킥킥, 크크'와 같은 웃음소리는 'ㅎㅎ, ㅋㅋ'으로 대체하고 나아가 슬프거나 우울할 때는 'ㅠ^ㅠ' 무관심할 땐 '-_-' 등 표정을 만들었다.

이때부터 사람들은 생각을 문구로 적고도 제대로 표현하지 못하는 이유를 알게 된다. 괜히 딱딱하게 읽어지고 그로 인해 오해를 만들기도 하는 이유는 대화에 영향을 끼치는 '이것'을 빠트렸기 때문이다. 생각을 표현함에 '이것'이 없으면 무용지물이라고 운 띄우고픈 '이것'은 바로 '표정'이다. 그렇다면 그토록 어렵던 문자 소통 즉, 카카오톡이나 SNS 메신저를 주고받는 것이 지금 어떻게 전화보다 접하기 쉬운 소통의 창이 된 것인지부터 알아보자.

요즘 새로운 의사소통으로 '이모티콘 대화'가 떠오른다. 이모티콘에는 각종 표정이 가미되어 있는 게 특징이다. 표정이 있는 이모티콘 하나로 대화가 이렇게나 자연스럽게 이어진다니 얼마나 표정의 유무가 중요하게 작용하는지 알 수 있다. 감정을 나타내는 표정이 딱딱한 글자에 더해지니 훨씬 더 유연한 대화가 진행된다.

웃고 울고 화나고 실망하고 좌절하고 당황하고 환장하고 이 모든 것이 얼굴을 직면하는 만남에서는 그냥 상대의 얼굴을 통해 알게 되는 것들이라 어려움이 없었다. 시대가 변하면서 전화가 발달하고 목소리의 높낮이를 통해 알아차렸다. 그 뒤 글자 전달이 가능해졌지만, 이 역시 문자를 조합하여 만들기에 한계가 있어 소통의 난관에 부딪혔다. 하지만 지금은 문자 전달의 어려움에서 벗어났다. 이로써 표정의 중요성을 충분히 알 수 있게 된 것이다.

표정이 없는 문자가 소통하기 어려웠듯이 표정 없는 사람과의 대화도 어렵다. 이런 사람들과의 대화는 마치 딱딱한 글로 문자 전달을 하는 것과 다를 것이 없다. 표정의 중요성을 알았다면 상황에 맞는 정확한 표정으로 감정과 심리를 전달하도록 해 보자.

노래를 듣기 위해서 음원 사이트가 아닌 유튜브 라이브 영상을 이용하는 사람들이 점차 늘어나고 있다. 내 주변만 봐도 하나둘씩 갈아타는 추세다. 음정, 박자를 잘 맞추고 기계로 건드려 깨끗하게만 들리는 '소리'에 집중하는 것보다 표정이 그대로 드러나 '감정'에 몰두할 수 있는 영상으로 사람들의 관심이 변하고 있다. 심지어 노래에 감정을 쏟아붓는 가수를 보고 있자면 자연스레 나의 감정까지 이입되고 있음을 알 수 있다. 여태까지는 가수가 감정을 담아 노래를 부르며 혹시나 울음을 터뜨리더라도 음원 속에는 말끔하게 편집되어 우리에게 들리지 않았다. 하지만 라이브 영상 속 가수는 표정 하나까지 세세하게 실시간으로 나에게 전달된다. 그래서 그들이 느끼고 있는 감정을 내가 느낄 수 있게 되는 것이다.

'복면가왕', '불후의 명곡'처럼 방청객 자리에서 눈을 떼지 못하고 눈물 훔치는 이들이 있다. 나 역시도 그들의 눈물을 볼 때 하나의 쇼맨십으로만 생각했다. 어느 날 우연한 기회로 감정이입의 대가 이은미 선생이 노래하는 장면을 본 적 있었다. 그녀가 흐느끼며 부르는 노래 한 곡으로 이내 내 얼굴은 눈물로 번졌다. 참으로 놀라웠다. 콘서트에서 실제로 그녀를 마주하고 있는 것도 아니었는데 그녀의 표정이 담긴 영상 하나로 내가 울게 되었다니. 그 이후로 방청객 자리에서 눈물을 애써 참거나, 울고 있거나, 많은 생각에 잠겨있는 이들을 보면 감정이입을 불러일으키는 표정의 힘을 다시 되새기게 된다. 이처럼 노래 하나도 표정의 힘이 이만큼 적용되는데 우리가 함께하고 있는 이 모든 순간에 상대방에게 비치는 나의 표정, 이 표정이 일으키는 힘은 얼마나 클까.

04

한마디로 내 편 만들기 : 공감

〈공감 없는 대화는 속이 비어있는 공갈빵〉

사람들은 종종 '대답'이라는 것과 '공감'이라는 것을 같은 것으로 오해한다.

"오빠 내가 오늘 회사에서 회의하는데 너무 잠이 오는 거야. 그래서 조금 졸았는데 그걸 그새 팀장님이 본 거야."

"응 그래서?"

"결국에 한소리 들었지 뭐야. 근데 월요일이면 당연히 아침에 피곤하다고 생각 들지 않아? 마지막 주말 밤을 시답지 않게 보냈을 리가 없잖아."

"응 그렇지."

"내 생각은 이래. 팀원들이 월요병이 있을 걸 알고 있다면 회의를 화요일에 하거나 굳이 월요일에 회의해야 한다면 좀 짧고 굵게 진행해 주지, 안 그래?"

"회의는 한 주에 시작이기 때문에 월요일에 하는 게 맞지"

"오빠 왜 내 말에 대답 잘 안 해줘?"

남자는 대답할 타이밍에 빠짐없이 꼬박꼬박 대답했다. 그렇지만 여자는 자기 말에 대답을 잘 안 했다며 서운함을 표한다. 여자가 원하는 것은 바로 공감이었다. 즉 '공감'이 있는 대답이었다. 여자도 알고 있다. 한 주의 시작을 위한 회의를 월요일에 하는 것이 바뀌기 힘들다는 것을. 굳이 남자가 짚어주지 않아도 괜찮았다. 단지 여자는 팀장님의 긴 회의로 인해 졸았던 자기를 토닥거려주고 앞으로는 조금 빠르게 회의를 진행해 주었으면 하는 마음의 공감을 원했던 것이다.

"그러게. 오빠도 회사에서 회의를 화요일에 했으면 할 때가 많아. 게다가 팀장님 말이 너무 길어서 다른 팀원들이 꾸벅꾸벅 졸 때가 있어." 말 한마디만 거들어줬다면 다음 대화는 더 자연스레 이어지지 않을까?

빵을 한 입 베어 먹었을 때 눈에 보이는 커다란 크기와 다르게 안이 텅텅 비어있는 공갈빵이 생각난다. 분명 빵을 먹었는데 배가 고프고 나중에는 결국 빵을 먹은 것조차 기억하지 못한다. 공갈빵을 납작하게 누르고 부서진 조각들을 입가심하듯 먹었으니 맛있는 영양 빵을 통째 먹은 것보다 비교적 잊기가 쉽다. 그래서 저자는 공감 없는 대화를 공갈빵에 비유한다. 공갈빵이 맛이 없다는 말이 아니라 며칠을 굶어 굶주린 상황에서는 이왕이면 배가 찰 수 있는 빵을 먹자는 말이다.

공감 없는 대화는 연인 사이에서만 일어나는 일이 아니다. 우리가 하는 모든 대화와 대화의 상대가 대상에 포함된다. 일상생활에서 몇십 분 길게는 몇 시간씩 신나게 대화하고 집으로 가는 길에 곰곰이 생각하면 오늘 만난 사람과 과연 무슨 얘기를 했는지 떠오르지 않을 때가 종종 있다. 서로 마음에서 우러나오는 대화를 나눈 것이 아니라 공감이 결여된 상태에서 주고받은 말이기 때문이다. 심지어 그로 인해 대화를 하던 중에 말의 주제까지 쉽게 잊어버린다. 시간을 낭비하게 만드는 '아무 말 대잔치', '영양가 없는 대화'를 끝내며 후회하지 않았나.

하지만 대화를 위해 시간과 돈을 아낌없이 투자하고 싶은 친구가 있다. 그 친구와 대화를 할 수만 있다면 어떻게든 시간을 내어 커피든 저녁 식사든 술 한잔이든 기꺼이 지불할 용의가 생긴다. 모든 것이 아깝다 느낄 새 없이 흥미로운 대화를 함께하는 그의 특별함은 무엇일까?

그 친구가 하는 대화의 방식을 가만히 들여다보면 다음과 같은 특징이 있다. 사소한 말이라도 귀담아들으며 마치 자기 일인 것처럼 표정 짓거나 대화에 어울리는 리액션을 취한다. 듣고 있는 친구가 오히려 나의 얘기를 더 생동감 있게 표현해 준대도 과언이 아니다. 또한, 대화에 방해될 만한 것들을 미리 배제하여 산만함을 줄여준다. 휴대전화를 진동모드로 변경해 두거나 알림으로 인해 화면이 켜지면 폰을 살짝 뒤집어주는 센스를 보여준다. 이는 대화에 집중하고 있다는 메시지를 나에게 보내는 것 같고 덩달아 나는 존중받고 있다 느껴진다. 마지막으로 속상한 일이 있었다는 나의 말 한마디에 정말 속상했을 텐데 어떻게 참았냐며 한마디 더 거들어주기로 공감을 불러일으킨다.

이 친구와의 대화가 끝난 다음에는 언제 그랬냐는 듯, 화나고 슬펐던 기억들이 모두 사그라지고 가벼운 마음으로 집으로 돌아가는 나를 발견한다. 그렇게 오래도록 앉아서 얘기하고도 집으로 돌아가는 길에 다시 전화를 건다. 쉴 새 없이 대화해도 언제 이렇게 시간이 지났는지 알아차리지 못할 만큼 즐거운 대화가 이어진다. 이 친구와의 대화는 언제나 끊어지는 것이 아쉽다.

주변에 이 친구의 대화법과 공통점을 가지고 있는 이들이 떠오르는가? 그들이 해주는 작은 공감과 사소한 행동은 그들에게 존중받고 있다는 기분이 들게 해주고 자신이 소중한 사람이라는 것까지 일깨워 준다. 그들과의 대화는 공갈빵이 아닌 한 끼를 든든하게 채워주는 영양빵같지 않나.

〈진실한 공감이 통한다〉

대화의 즐거움과 그로 인해 소중함까지 느끼게 하는 공감이 중요한 이유와 사실은 이제 충분히 알고 있다. 하지만 진실하지 못한 공감은 간혹 부작용을 낳기도 한다. 그 공감은 바로 상대의 말에 무조건 공감을 하는 거짓 공감이다.

업계에서 공감 요정으로 불리는 A가 있다. 하지만 자세히 들어보면 공감을 잘함에도 불구하고 좋은 관계를 끌어내지 못한다. 문제점을 들여다보니 전적인 동의를 끄집어내는 거짓 공감을 하기 때문이다. A는 상대가 말을 할 때 눈을 바라보고 귀도 기울이고 안타까운 상황에는 그에 맞는 표정과 목소리 리액션까지 뿜어내며 경청할 줄 안다. 그런데 A에게는 치명적인 단점이 있었다. 바로 A가 하는 공감은 거짓이다. 본인이 경험해 보지 못한 일이면서 공감해 주기 위해 애써 경험을 만들어내거나 본인은 상대와 동일한 감정이 느껴지지 않는데도 그런 척 흉내 낸다.

처음 그녀와 대화하는 사람들은 그녀와의 대화를 즐기고 마음을 치유해 주는 A의 공감능력을 칭찬한다. 하지만 계속해서 A와 관계를 유지하고 대화를 이어가다 보면 누구든 A의 말에 이상한 점을 찾는다.

얼마 전 A는 나와 여름휴가를 주제로 강원도 여행에 다녀온 후기를 말했다. 기차를 타고 여행 다녀온 나에게 A는 자신의 대학시절 기차여행을 말하며 강원도에서 먹은 곤드레 밥 그리고 동해안에서 바라본 아름다운 일출 경험을 자랑했다. 촉박한 여행 일정으로 먹어보지 못한 곤드레 밥을 A가 얼마나 맛깔나게 표현하는지 강원도를 재방문할 때 꼭 먹어봐야겠다며 아쉬운 마음을 더한 공감대 형성을 하였다.

그런데 며칠 후, 기차여행을 떠나 본 적이 없는 B와 똑같이 강원도 여행 후기를 나누는 A의 말소리를 들었다. A는 기차여행은 힘들고 고단하니 추천하지 않는다며 자차를 이용하길 권하고 있다. 분명 낭만적인 기차여행을 추구하는 사람이었는데, 의아했다. 게다가 내가 옆에서 듣든 말든 전혀 개의치 않고 A는 분명 나에게 맛있게 먹었다던 곤드레 밥이 사람만 많았지 맛이 없었다며 툴툴거린다. 심지어 너무 맛이 없어서 그 맛을 잊어버렸다고 한술 더 떠 말한다. 분명 나에게 곤드레 밥을 세상 맛있게 표현하던 그녀였는데... 당황스럽기 그지없다. 끝으로 일출은 일출일 뿐이라며 굳이 강원도가 아니어도 되지 않냐 말하고 있다.

경험도 다르고 생각도 다른 나와 B를 위해 공감하는 A의 행동이

어때 보이는가? 나는 이런 일이 몇 번 반복된 후 A에게 되도록 속 깊은 대화를 하지 않으려고 한다. 이는 나뿐만이 아니다. 거짓으로 쌓여있는 그녀의 공감을 알게 된 다른 사람들도 그 후 '공감 요정' A를 '허언증'에 걸린 '허언녀'로 취급한다. 잘 보이기 위해서 하게 된 공감이 실로 진실하지 못하니 정신병에 걸린 사람처럼 그녀를 바꾸어 버렸다.

A 같은 캐릭터는 웬만한 집단 속에 한두 명씩은 존재하기 마련이다. 그렇지만 더 큰 문제는 자기 스스로 '거짓 공감'을 하는 중임을 잊어버리는 것이다. 모든 사람의 말을 공감하려는 욕심에 누구에게 어떤 공감을 어떻게 했는지 자기 자신조차 기억하지 못하는 지경에 온다. 심각하게는 몇 분 상간으로 말이 달라지는 이들도 있다.

공감의 중요성은 알고 있지만 막상 무작정하려다 보니 올바르게 하지 못하는 이들이 많다. 상대에게 공감하고자 하는 모습보다 본인을 공감해 주기를 바라는 욕구가 더 강하게 느껴지곤 한다. 그것이 아니라 상대를 위한 '공감'을 하고 싶다면 '진실한 공감'을 하자. 경험이 부족해도 공감할 수 있다. 상대의 마음을 알아주겠다는 마음가짐 하나면 충분하다. 간혹 거짓 공감을 하게 될 때는 자신의 경험이 부족해서, 알지 못하는 이야기라서 혹은 관심을 유도하고자 하게 되는데 이는 진실된 관계로 이어지지는 못한다. 처음에 공감했던 이야기도 자주 번복하는 모습을 보이면 결국 거짓말쟁이, 허언증 등의 별명이 붙게 되는 것이다.

자신의 부족함을 거짓으로 채우지 말자. 상대는 진실한 마음을 원하는데 거짓으로 공감하게 되면 언젠가 상대는 나의 거짓됨을 알게 되며 결국 관계의 신뢰가 깨어진다. 모든 사람의 말에 자신의 의견을 거짓으로나마 표현하고 싶어 하는 것은 옳지 않은 방법이다. 거짓말은 기억에 남지 않는다. 기억나지 않기에 번복하는 행동은 오히려 얼마나 관계를 가볍게 여기는지 척도가 되어버린다. 거짓 공감은 굳이 하지 않아도 괜찮다. 그가 경험한 것이 내가 경험한 것이 아닐 수 있으며 그의 생각이 내 생각과 똑같지 않을 수도 있다.

상대의 말에 의무적인 '공감 압박'에서 벗어나자. 어쩌면 상대는 나와 모든 것이 동일시되는 대화 상대를 원하기보다는 나와의 대화에 함께 빠져들어 생각을 공유할 수 있는 진정한 공감자를 바랬을 것이다. 내가 말하고자 하는 것보다 상대의 마음을 알아주고자 하는 마음의 자세를 가지자. 이것이 공감이다.

〈공감할 수 있는 주제를 던져라〉

"너네는 차 언제쯤 살 거야?"

점심을 먹고 커피 한 잔을 하며 직장동료 A가 물었다. 이때 이 말을 들은 B와 C는 각각 차를 최근에 구매하기로 마음먹은 사람과 차를 구매할 형편이 안 되는 사람이었다. 그래서인지 둘의 반응은 격하게 달랐다. B는 신나게 대화의 물꼬를 터서 차 이야기를 끊임없이 나누고, C는 대화에 끼지 못한 채 휴대전화만 보다 불편한 감정을 애써 숨기며 자연스럽게 자리에서 사라졌다. 사실 회사에서 줄곧 붙어 다니는 이들은 서로의 속사정을 터놓은 적이 아예 없는 것도 아니었다. C는 매일 아침 출근길 지옥철에 몸을 싣고 회사에서 구겨진 옷을 탈탈 털어내며 이들에게 차를 사고 싶다며 간절함을 호소했다. 하지만 학자금 대출에 생활비에 생활이 빠듯해 여간 차를 사기 쉽지 않다는 하소연도 함께 뒷받침했다. 그러니 A가 던진 질문을 C가 아니꼽게 들을 만도 했다. '내가 여태껏 차를 살 수 없다고 말했는데 도대체 들은 거야 만 거야?' '이 얘기를 내 앞에서 하는 이유가 뭐지?' '차가 있다고 자랑하는 건가?'

A의 입장에서 바라보면 '오늘 밤 뭐 먹을까?' 와 같은 단순 질문을 한 것이었다. 단지 의도가 있었다면 지인이 H사 영업사원인데 승진한 기회에 주변에 차를 구매할 사람이 있으면 할인가를 적용해 주겠다는 정도였다. C가 오해를 할 수밖에 없었던 이유는 할인 혜택 이전에 전혀 본인이 공감할 수 없는 대화였기 때문이다.

드라마에서 흔히 부잣집 아주머니 2명과 평범한 아주머니 1명이 수다 떨면서 하는 말과 행동이 있다. 평범한 아주머니가 대화에 참여하지 못할 대화를 하며 부잣집 아주머니들은 본인들만의 리그를 만들어 버린다. 그 속에서는 몇 백만 원 상당의 옷, 액세서리가 대화의 주제가 되는데 그럴 때 평범한 아주머니는 괜히 여기저기 두리번거리다가 자리에서 일어날 타이밍을 엿본다. 아주머니가 자리를 떠난 이유와 C가 아니꼬워진 이유는 똑같을 것이다. 자신과는 상관없는 먼 얘기이며 애쓴다고 낄 수 있는 대화가 아니라는 것을 눈치챈 것이다. 따라서 C에게는 차의 브랜드나 가격, 사양 그리고 옵션이 전혀 중요하지 않고 평범한 아주머니 역시 신상 옷과 액세서리에 귀기울일 수 없어 이들은 즐겁게 대화할 수 없었다.

만약 A와 부잣집 아주머니에게 상대방이 금전적인 부분과 관련 없는 질문을 하였다면 빈자리 없이 대화가 진행되지 않았을까? 이런 상황에 자신이 놓이게 된다고 가정해 보자. 같이 대화를 하자고 모였지만 나만 쏙 빼놓고 서로 공감하는 대화를 한다면 자리를 차지하고 앉아있는 것이 옳은지 아닌지 헷갈리게 될 뿐만 아니라 상대가 자신을 기만한다는 오해도 하게 된다. 상대에게 질문할 때에도 우리는 명심할 것이 있다. 평소 상대를 만나면서 알게 된 상황이나 성향, 속사정, 관심사를 유심히 보고 듣고 느끼며 기억한 뒤 공감할 수 있는 주제를 주어야 한다. 가령 C와 평범한 아주머니처럼 형편이 되지 않아 구매의 경험이 없고 마음가짐조차 가질 수 없어 대화에 공감을 할 수도 없는데 고가의 제품 구매 생각을 묻고 대답을 요구한다면 그 시간이 얼마나 힘들까?

다 함께 공감할 수 있는 주제를 던진다면 대화의 온도 그리고 분위기는 확연히 달라진다. 모두가 목소리 낼 때 비로소 따뜻한 온도가 유지되고 생기발랄한 분위기가 조성되면서 대화가 진행된다. 대화가 끝나는 순간까지 단단하고 속이 꽉 찬 대화를 하게 될 것이다. 최고의 의사소통을 위해 시작해 보자. 상대의 공감을 살 수 있는 질문 던지기 그리고 평소에 상대의 말에 귀 기울이기.

5장 Tip

1절 그만 말하기
: 말의 양이 지나치게 많아서도 안 되며 필요 이상의 정보나 소식 따위는 상대가 원하지 않는 한 미리 전달하지 않는 것이 상책. '대화의 황금비'를 찾아서 여러 명이 함께 만나는 그룹에서는 1/n (사람 수/시간)로 소외되는 사람 없이 대화 나누기.

2절 오래도록 기억하는 #해시태그
: 상대에게 기억되고 싶다면 먼저 기억하자. 상대에 대한 기억을 도와주는 단어를 명함 뒷장에 적어두고 만남을 갖기 전 다시 읽어보자.

3절 말 없는 대화 : 표정으로 듣기

: 무작정 들어주는 시대는 끝났다! 이제는 상대의 말을 들음과 동시에 박수 치고 맞장구치며 그에 걸맞은 표정도 지어야 한다. 경청술 중 최고의 기술은 표정이다. 낯부끄러워도 거울을 보며 표정 연습을 해 보자.

4절 한마디로 내편 만들기 : 공감

: 공감과 대답은 엄연히 다르다. 상대방이 하는 말에 귀를 기울이고 시시비비를 가려야 하는 상황이 아니라면 충분히 상대의 마음을 공감해 줘라. 공감이란 자고로 진실된 공감을 말한다. 맞장구치며 대화를 주도해 나가기 위해서 억지로 공감을 부추기는 거짓 공감은 절대 해서는 안 된다. 끝으로 상대가 공감할 수 있는 대화 주제를 던지자. 그 속에 앉아있는 상대를 처량한 존재로 만드는 대화는 절대로 모두가 즐거울 수는 없다.

좋은 대인관계를 맺는 것은 이유가 없어야 한다고 생각할 수 있지만 사실 그 이면에는 상대방과 관계를 맺어야 하는 이유가 확실하게 자리 잡혀 있다. 남들에게 좋은 관계라 해서 나에게도 좋은 관계인 것은 아니며, 조건을 따지는 한계적인 관계보다는 이유를 찾는 관계가 지속적이란 것을 명심하자.

PART
06

브랜딩 굳히기 : 마인드의 기술

01

건강한 관계를 만드는
건강한 마음

〈상처 줘도 상처받지 말자〉

　모든 대화가 자신이 원하는 방향으로 흘러가 유종의 미를 거둘
수 있다면 얼마나 좋을까. 하지만 대화는 흐름을 예상할 수 없기에
하나의 말실수가 오해를 사고 무심코 내던진 말에 상대에게 상처를
주기도, 반대로 상처를 받기도 한다. 상대의 의도와 상관없이 내가
받아들이는 대로 해석하여 '되로 받고 말로 갚는다.' 라는 말처럼 똑
같이 상처를 주고받는 대화는 좋은 기억 대신 아픈 마음을 남긴다.
　표현이 서투른 이들은 상대에게 상처를 주기도 한다. 말투나 억양,
말을 하는 표현 방식에서 미흡하기에 대화에서는 이들의 말에 의도
파악을 할 필요가 있다. 때로는 그저 말실수 한 것으로 이해하고 넘

어가 주기도 해야 한다. 굳이 상대가 한 말에 영혼을 담아 듣고 뼈저리게 아파할 필요가 없다. 사랑받는 사람들은 상대가 상처를 주더라도 상처받지 않는다. 자신이 상처를 받음으로 파장되는 일들을 알고 있기 때문이다. 상처가 되는 말을 들었다면 시원하게 상대의 '성향'을 탓해 보자.

우리 회사 1층에는 건물의 출입인을 관리하는 반장님이 계신다. 어른을 마주치면 늘 인사를 해야 한다고 가정교육을 받아왔던 탓에 항상 웃음과 밝은 목소리로 인사했다. 그렇게 약 4년 차로 접어드는 겨울에 반장님은 내게 처음으로 부탁이 있다며 나를 불러 세우셨다. 매년 1월에는 회사에서 다이어리가 제공되는데 우리 회사 다이어리를 하나 가져다 달라는 부탁이었다. 원래의 나였다면 그 무슨 어려운 부탁이라고 내 것이라도 들고 뛰어 내려갔을 테다. 하지만 나는 들어드리지 못했다. 아니 솔직하게 들어드리고 싶지 않아 그다음부터 반장님을 피했다. 이유는 다음과 같다.

"그쪽에서 나오는 다이어리가 참 쓰기 편하고 좋던데 여분이 있으면 하나 가져다줄 수 있겠나? 이전 직원에게 매년 부탁하곤 했는데 그 직원이 발령이 나서 이제 부탁할 사람이 없네. 보니까 아가씨가 항상 잘 웃고 인사도 잘하고, 만만하길래. 부탁해."

자존심이 제법 센 나한테 만만하다는 말은 충격 그 자체였다. 그 자리에서 어색한 웃음을 애써 짓고는 "만만하지는 않을 텐데요."라며 차가운 표정으로 등 돌릴 수밖에 없었다. 만만하다는 말을 듣고 기분 좋아할 사람이 어디 있나. 나는 반장님을 탓했고 그 이후로 반장님과 사이까지 서먹해져 버렸다.

처음에는 나에게 상처 입힌 반장님의 말을 한 번 두 번 곱씹어 분노하기 일쑤였다. 심지어 어른에게 인사를 잘하라고 가르친 집안 어른들이 밉기도 하였다. 괜히 가르침대로 살아왔더니 나를 쉽게 보고 물러터진 사람처럼 대할 때가 이번이 처음은 아니었기 때문이다.

하지만 책을 쓰기 위해 이리저리 공부하던 중 나도 배우고 깨닫게 되었다. 그냥 반장님의 말 하는 방식이며 성향이라 생각하고 말 것을, 그때 왜 그렇게 상처를 가슴에 품고 있었는지 후회했다. 어른의 입장에서 부탁하는 상황이 불편했고 그것도 교류 없이 얼굴만 아는 나에게 하기는 더 어려웠을 것인데 말이다. '잘 웃고 인사도 잘하고' 라는 남을 칭찬하는 말이 익숙하지 않았던 반장님이 괜히 쑥스러워 농담 삼아 한마디 덧붙인 말일 수 있었다. 나중에 알게 된 사실이지만 몇 주가 지나고 반장님은 나와 사무실을 함께 쓰는 직장동료에게 물었단다. 한 아가씨에게 다이어리를 부탁했는데 아직 가져다주지 않았다고 말이다.

그때 당시에는 나에게 기분 상할 말을 해놓고 저리도 뻔뻔하게 요구하는 반장님이 참 미웠는데, 다시 생각해 보면 반장님은 아예 모르셨던 것이다. 그 말 한마디가 누군가에게 상처를 주는 말이었는지. 아무 의미 없이 하신 말씀이었다. 내가 머리 아프게 고민하고 마음 아파했던 이유가 사라진 기분이었다. 내가 그때 만약 반장님의 말을 잘 흡수했다면 어땠을까? 여전히 나는 잘 웃으며 인사를 잘해 똑바로 된 가정교육 속에 자랐다는 칭찬을 받고 있었을까? 굳이 내가 상처받지 않게 반장님의 '만만해서'를 '편안해서'로 해석할 걸 그랬다.

부디 우리 모두 땅에 떨어진 화살을 주워서 내 가슴에 찌르는 어리석은 행동을 하지 않도록 하자.

〈좋은 사람이 되어 좋은 사람이 다가오기를〉

'좋은 사람'으로 보이는 사람에게 내가 가까이 가게 되듯이 내가 '좋은 사람'이 될수록 어떤 이들은 나와의 관계를 만들기 원한다. 내가 건강한 관계에 속하기 위해 노력하기보단 내가 먼저 좋은 관계를 만들 수 있는 '좋은 사람'이 되는 게 중요하다. 좋은 사람을 만나고 싶은 만큼이라도 자신이 좋은 사람이 되어야 한다. 막상 좋은 사람을 만나고 싶었던 사람일수록 그것에만 초점 되어 자신이 먼저 좋은 사람이 되기보단 대단해 보이는 사람들을 쫓기 일쑤다. 그러다 보면 오히려 그들은 자신이 원하던 관계가 아니었음을 깨닫는다.

자신이 먼저 좋은 사람이 되는 것은 인생을 바꾸기도 한다. 좋은 사람이 된 것만으로 관계가 자연스럽게 형성된다. 좋은 사람에게는 사람들이 먼저 다가오는 '좋은 사람 법칙'이 있다. "오늘 식사 가능하신가요?", "다음 주 금요일 스케줄이 어떻게 되시나요?", "친구야 너의 조언을 듣고 싶어."

우리는 각자의 기준에 좋은 사람으로 평가되는 사람에게 안부를 한 번 더 묻고 도움을 요청하고, 또 시간과 노력을 투자해 도와준다. 내가 좋은 사람이 된다면 가족, 친구, 지인을 막론하고 여기저기서 러브콜이 쏟아지는데 굳이 오만 사람을 만나고 그 속에서 좋은 사람을 솎아 내려 하지 말자. 언젠가 내게 먼저 다가올 그들을 기다리며 먼저 자기 자신을 가꾸고, 변화하기를.

〈옆에 두고 싶은 사람〉

이번에는 두 친구의 일화를 소개하겠다. 친구 A는 나의 기억 속에 밝고 야무진 친구이다. 하지만 어느 날 아버님께서 불안정한 회사 사정으로 해고를 당하시며 한평생 가정주부로 생활하시던 친구 어머님께서 근처 국수 가게에서 주방 아주머님으로 일을 시작하셨다. 철없던 우리는 어머님께 국수 한 그릇 얻어먹자며 친구를 꼬드겼지만 끝내 친구는 국수 가게에 우리를 데려가지 않았다.

그 후 각자 다른 학교로 배정받으며 자연스레 연락이 끊겼지만, 간간이 들리는 소식으로는 용돈을 넉넉하게 주지 못하는 부모를 탓했고 급기야 비행 청소년이 되기를 자처했다고 한다. 우리는 성인이 된 지금까지 친구의 변한 모습이 보기 두려워 끊긴 연락을 이어보려 노력하지 않은 채 지낸다.

또 다른 친구 B가 있다. B의 가정환경도 마냥 따스하지는 못했다. 초등학생 때 이혼가정에서 자라야만 했고 친아버지와의 교류를 피하려 여기저기 이사하기 시작했다. 정을 붙일 때쯤 타의로 옮겨지는 주거지로 인해 학창 시절에는 살아남기 위한 '억지 적응'의 삶을 살았다. 부모님에게 갖은 애교를 부려 용돈을 타서 쓰는 평범한 친구들의 가정과는 다르다는 것을 일찌감치 깨닫고 경제활동이 가능한 나이가 되어서부터 닥치는 대로 아르바이트를 했다. 빨리 돈을 모으고 싶은 마음에 학업을 중단하길 원했지만 그래도 학교를 무사히 졸업하고 학위를 수여하였다. 이 정도면 그만할 때도 되었지만 B는 여전히 인생을 레이스 하는 중이다. 오히려 비슷한 선상에 있는 친구들이 회사를 퇴근하고 술집을 찾고, PC방에서 새로 나온 컴퓨터 게임을 시작하고, 아니면 아무것도 하지 않고 집에서 뒹굴뒹굴하며 SNS만 뒤적일 때 B는 영어회화 학원을 등록하고 아르바이트를 하거나 배우고 싶었던 공부를 해 나간다.

친구들이 한자리에 모인 곳에서 우연히 A의 안부를 전해 듣게 되었다. A는 그마저 남아있던 친구들에게 매일 가정환경을 탓하고, 통장에 찍히는 돈이 없다며 툴툴거리고, 유흥에 필요한 돈을 얼마 빌렸다고 한다. 하지만 돈을 빌린 것보다 주변 사람들의 마음을 떠나보낸 것은 다름 아닌 부정적인 A의 마음가짐이었다. 만나기만 하면 불행한 얘기에 아쉬운 소리만을 늘어놓는 A를 더 이상 만나고 싶어 하지 않았다. 그렇다면 친구 B는 어떠한 삶을 살고 있을까? B는 남들과 출발점이 달라 조금 더 달려야 한다더니 어느새 친구들과 비슷한 시기에, 비슷한 수준의 회사에 취업했으며 그야말로 평범한 삶의 길을 걷고 있었다.

A와 B는 따뜻하지 않은 가정환경에 넉넉하지 못했던 경제적 능력, 학창 시절에 멈출 수 없었던 아르바이트 모든 것들이 비슷했다. 그렇지만 눈앞에 펼쳐진 일의 해석은 하늘과 땅의 차이였다.

"내가 이렇게 사는 것도 억울해 죽겠는데 열심히 할 필요가 없다."

"이 상황을 헤쳐 나가려면 나는 남들보다 더 열심히 살아야 해."

최소 8시간 이상을 동급 학생들과 같이 있어야 하는 학창 시절에는 가족보다 더 오랜 시간을 붙어있는 친구들이 A와 B 둘에게 큰 힘이 되어주었다. 하지만 한 학기를 채 끝내기 전에 점차 A의 곁을 친구들은 떠나기 시작했다.

"어휴, A랑 있으면 힘든 소리, 짜증내는 말투를 계속 듣고 있어야 해. 듣는 것도 얼마나 힘든지 몰라. 1시간만 같이 있어도 진이 빠져서 못 만나겠어."

그렇다. 아무리 마음이 넓고 이해심이 깊은 친구라도 A의 곁에 오래 남지 못했다. 그리고 모두가 한마음 한뜻으로 A는 부정적인 기운이 맴도는 사람으로 입 모아 얘기했다.

그 와중에 B의 주변도 많은 것이 바뀌었다. 서로 B와 친구가 되고 싶다며 주변을 통해 연락처를 묻거나 함께 일을 하고 싶다며 명함을 건네받는 일이 비일비재했다. 그야말로 A와 B의 차이가 격하게 벌어지는 상황이 눈앞에 펼쳐졌다. 굳이 가정 형편을 말하지 않던 B는 누군가가 동정해 주기를 바라지도, 자기 합리화를 하지도 않았다. 그래서 더욱이 다소 어두웠던 유년시절 가정이 공개되었을 때도 사람들은 전혀 예상하지 못했다며 오히려 감탄사를 뿜었다.

"B는 어쩌면 저렇게 긍정적이지? 실로 내가 더 나은 환경에 있는데 노력은 훨씬 더 많이 하고 있는 B를 보면 열심히 살아야겠다는 생각을 하게 돼. 정말이지 동기부여가 팍팍 된다니까!"

"나는 B를 보면 본의 아니게 그간 가정 형편으로 색안경 끼고 사람을 판단하던 내가 부끄러워져. 따뜻한 가정에서 자라도 제멋대로인 사람들이 넘쳐나는데."

이렇게 한두 사람들이 B의 주변에 모이다 보니 타이밍을 만들어 내지 않았는데 진가가 발휘되는 순간이 오게 되었다. 자그마치 10년은 족히 걸렸다. 눈치챘는지 모르겠지만 사실 B는 나이다.

이 책을 쓰는 저자라고 하면 사랑을 많이 받는 사람, 브랜딩이 확고하게 되어있는 사람으로 생각했을지 모른다. 그래서 더욱 거리감을 두고 책을 읽었다면 지금부터는 저자 정재현의 이미지는 잊어도 괜찮다.

나 역시 좋은 환경에서 밝게만 자랐던 것은 아니었다. 별다를 것 없이 평범하기를 바랐던 나는 그럴 수 없음을 조금 일찍 깨달았다. 친구들이 매점에서 서로 빵 사기 내기를 하더라도 몇 퍼센트의 확률로 내가 걸려 다음 달까지 써야 하는 돈을 계획과 다르게 쓰게 될까 봐 쉽사리 사다리타기 내기 한번 하지 못했다. 성인이 되고부터는 부모님의 가업을 물려받거나 알음알음 일자리를 소개받는 남들이 부럽고 시기한 적도 있었다. 하지만 비행의 유혹에서도 꿋꿋하게 나의 길을 걷고, 결국엔 나의 얘기를 책으로 담아낼 수 있는 작가의 길까지 지나오게 된 것은 '긍정'의 힘이라고 말할 수 있다.

어려서부터 이혼가정이라는 타이틀을 붙이고 싶지 않았다. 행여나 조금이라도 예의 없는 행동을 하면 나를 두고 주위에서 이러쿵저러쿵 얘기를 나누었다. 하지만 한 부모 가정이 아닌 친구들은 똑같이 행동해도 사춘기라 이해한다는 듯 아무 말 하지 않았다. 억울하고 분한 감정을 쏟아내듯 더 나쁜 길로 빠질 수 있었다. 하지만 한 부모 가정의 자녀도 바르게 자랄 수 있음을 보여주고 싶었다. 인사를 해도 더 깍듯하게 하였고 계산할 때는 어른에게 두 손으로 돈을 건넸으며 어른들과 식사를 할 때면 제일 마지막에 수저를 들었다.

이런 작은 행동들이 모이고 모여서 비로소 친구 부모님에게 인정받게 되었다. 오히려 예의 바르다는 소문이 나며 아들딸의 좋은 친구로 여겨졌다.

긍정의 마인드로 이겨낸 또 다른 일화는 아르바이트이다. 자기소개서를 작성하거나 사람들 앞에서 자기소개를 할 때면 나에게 절대 빠질 수 없는 단어가 '아르바이트'였다. 그만큼 아르바이트를 줄곧 해왔으며 그것도 여러 종류의 일을 마다하지 않았다. 때로는 편하게 생활하는 친구들이 부러웠다. 하지만 힘들고 고된 아르바이트를 해야 하는 상황에 대해 절대로 환경을 탓하지 않았다.

오히려 아르바이트 도중 일어난 일을 에피소드처럼 전해주기 바빴으며 또래 친구보다 더 많은 것을 몸소 겪어 본 값진 경험을 스스로 자랑스러워했다. 아르바이트 경험을 대단한 일이라도 되는 듯 말하는 나를 모두가 신기하게 바라보았다. 일하고 난 다음 날 힘들다며 툴툴대기 바쁜데 그러지 않는단 것이 이유였다. 4학년 1학기에는 교수님께서 강단에 설 자리를 직접 마련해 주셨다. 나의 경험을 '진로 수업' 학생들에게 전달하기를 원하시면서.

그렇게 처음 마이크를 잡고 내 이야기를 하던 그날의 기억을 잊을 수 없다. 나의 경험이 고스란히 담긴 사진들을 함께 보고 모두가 내 목소리에 귀 기울이는 순간이었다. 경험을 이야기하면서도 '긍정'의 마인드를 강조했다. 만약 이때 내가 만약 부정적인 사람이었다면 아마도 며칠 못 가 힘듦을 이겨내야 하는 이유를 찾지 못한 채 그만 뒀을지 모른다. 마지막으로 가정 형편상 툭하면 이사 가던 생활은 다양한 지역을 살아 볼 수 있었고 그래서 웬만한 사람보다 타지에 대한 뛰어난 적응력을 가지는 기회로 생각했다. 지금도 여전히 어느 지역이나 나아가 어느 나라에 가더라도 두려움보다는 설렘의 감정이 더 크게 지배한다.

내가 만약 친구 A처럼 매사에 부정적인 시선과 생각으로 삶을 살아왔다면 나 또한 지금처럼 사람들과 연락하며 지내지도 못했을 거고 내 인생을 이것저것 탓하며 결국 새롭게 일구어내지 못했을 것이다. 앞서 말했듯이 예의 없는 사람으로 낙인찍히고 아르바이트 인생을 탓하고 타지에서는 우울증에 시달렸을지 모른다. 하지만 나는 그렇지 않았다. 내 인생의 탈바꿈을 기대하였다. 나는 그간 10년 사이 무엇을 했을까? 왜 비슷했던 A와 나 사이에 격차가 생기고, 남아있는 사람의 숫자마저 달라졌을까? 나는 친구 A보다 큰 긍정적인 마음가짐이 이렇게 변화시켰다고 생각한다. 불우하거나 괴로운 상황이 들이닥치면 이겨내려 애쓰고 다음으로 그 상황을 내가 발전할 수 있었던 이유로 관대하게 대할 줄 아는 정도이니 말이다. 하지만 나도 처음부터 그랬던 것은 아니었다. 신랄한 사춘기를 겪으며 홀로 나를 힘들게 키우는 어머니를 원망했다. 어머니의 마음을 아프게 하는 가시 박힌 말을 생각 없이 던지며 가족을 받아들이고 싶지 않아

하나뿐인 여동생을 마음속에서 멀리 밀어내며 상처를 주기도 했다.

나도 처음부터 그랬던 것이 아니라 별다른 것 없는 평범한 사람이었다. 혹시 나처럼 또는 나보다 더 어두운 상황에 놓여있는 이들을 위해서 되도록 긍정적인 마음가짐을 가질 수 있는 '긍정 노하우'를 전달하겠다.

첫째, 나의 이야기는 제3자의 눈으로 바라보아라. 사실 남의 얘기라면 모를까 내 눈앞에 닥친 나의 이야기를 아름답게만 볼 수는 없다. 나의 이야기일수록 생각할 것이 많아지고 깊어지기 때문이다. 남의 얘기를 들으면 '감 놔라, 대추 놔라' 해결책이 신속하게 나온다. 감정을 싹 빼고 친구나 직장동료의 이야기를 들어주듯 객관적으로 생각을 시도하자. 생각보다 그리 해답이 없는 일이 아닐 수 있다. 꼭 내 얘기가 아닌 것처럼 보고 듣고 생각해 보자.

둘째, 나만의 긍정 주문을 만들자. 제3자의 눈으로 이야기의 해답을 찾는데도 불구하고 답이 나오지 않는다면 직면한 상황을 최대한 긍정적으로 만들 수밖에 없다. 영화 '세 얼간이'에서는 주인공 '란초'가 자신의 마음을 다스려야 할 때마다 가슴에 손을 얹으며 '알 이즈 웰' 우리말로 '잘 될 거야'라는 말을 한다. 말 그대로 부정적인 상황을 긍정적인 말 한마디로 극복하려 한다. 내가 이 영화를 보았을 때가 스물넷이었다. 나는 그날 이후 '나는 멋있다'라는 긍정의 주문을 가지게 되었다. 이 한마디는 나의 많은 것을 바꾸어 놓았다. 밤

낮없이 열심히 일하는 나에게 '나는 멋있다', 분수에 맞지 않게 사치 부리지 않는 내 삶에 '나는 멋있다', 화가 나도 억누르는 나의 감정에게 '나는 멋있다'를 칭찬처럼 하니 내가 정말 멋있는 사람이 되어 있는 것 같았다. 문제에 직면하더라도 '나는 멋있다'를 가슴속으로 되새기며 멋있는 해답을 찾아내고 곧장 해결하기도 한다. 나를 기준으로 힘이 나는 말 한마디를 찾고 매일같이 나만의 긍정 주문을 외우다 보면 어느새 듣기만 해도 얼음장처럼 얼어붙은 마음이 사르르 녹아버리는 때가 올 것이다.

셋째, 명언을 들여다보아라. 나는 억지로라도 '말이 씨가 된다.'라는 말을 되새기는 편이다. 그렇게 나를 스스로 위안시킨다. '이 또한 지나가리라', '신은 견딜 수 있는 만큼의 시련만 준다.', '시련을 이겨나가면 더 큰 선물이 있다.' 얼마나 좋은 말들인가. 나에게 이 세 가지의 말이 씨가 되어 준다. 말 그대로 어차피 지나가는 일이 될 것이며, 내가 견딜 수 있는 일이었고, 고되었던 나에게 좋은 일이 생기는 것은 당연하다. 참을 인 세 번이면 살인도 면한다는 말이 틀린 말이 아니다. 이제는 긍정 주문을 외워보자. 지금 괴로워하는 당신의 일은 인생을 한 줄로 그었을 때 고작 점 하나에 불과하다.

주변을 둘러보면 매번 상대방의 도움을 받아야만 긍정적으로 판단할 줄 아는 이들이 있다. 하지만 혼자서도 얼마든지 긍정적인 판단은 가능하다. 긍정은 남을 위해서 가지는 것이 아니라 어디까지나 나를 위한 힘이다. 이왕 사람을 사귈 때 긍정적인 사람이면 좋겠다만 상대가 긍정적이든 부정적이든 안 맞으면 그만이라는 것이 요즘 시대의 인간관계이지 않은가. 이제부터는 나를 위해 긍정적으로 바라보는 연습을 하자. 나의 이야기일 때 더욱이 긍정의 힘으로 발전할 수 있어야 한다. 과연 당신이 A와 B의 길을 걷는다면 어떤 사람으로 남아 살고 싶은가?

02

좋은 결과가 아닌
좋은 관계

〈나는 그들과 관계를 만들어낸다〉

좋은 관계는 어디까지나 상대적이다. 자신과 잘 맞는 관계가 좋은 관계이지, 정작 상대방과 공통 관심사도 없고 불편하기만 한데 금전적으로 여유로운 사람들이거나 좋은 직업을 가진 이들이라 해서 억지로 관계를 맺으려 한다면 그것은 결코 좋은 관계가 될 수 없다. 즉 좋은 관계는 자신에게 불편함이 아닌 편안함을 선사한다.

대인관계를 맺을 때 그들의 조건만을 보고 결정하는 것은 슬기로운 행동이 아니다. 어떨 때는 뱁새가 황새 따라가다 가랑이가 찢어지는 그림이 그려진다. 그런 대인관계는 언제든지 지쳐 나가떨어질 수 있다. 오래가는 관계를 원한다면 애초에 관계를 대하는 마음을 바로잡는 것이 중요하다.

친구가 말한다. "여기 돈이 제법 있는 사람들이 모이는 모임이라 좋은 곳도 많이 가고 좋은 음식도 많이 먹어." 호기심이 생기고 여럿이 뭉쳐 다니면 1/n로 밥값과 술값을 계산한다니. A는 SNS 피드를 그럴듯하게 꾸밀 수 있을 것 같아 흔들렸다. 그렇게 A는 그들과 어울리기 위해서 점점 씀씀이가 커졌고 저축을 습관화하던 통장 속 잔고는 늘지 않았다. 단지 사진용으로 다 먹을 수도 없는 음식을 주문하고 새로 생긴 가게는 무조건 먼저 방문해 보려는 그들과의 만남은 어느새 A에게 부담으로 다가왔다.

이는 나날이 SNS가 발달하면서 생겨난 '보여주기식' 삶의 일부이다. 사실 여유도 없으면서 호화스러운 풀 빌라에 비싸기로 유명한 레스토랑 그리고 새로 생긴 카페 방문을 인증하길 원한다. 게다가 높은 스펙을 보유한 사람들과 함께 어울리며 마치 본인이 그런 사람이라도 된 듯한 착각에 빠진다. 끝으로 꿈에서 깨지 않으려 애써 그들과의 관계를 부여잡는다.

누가 봐도 좋은 사람이라고 생각했던 사람과의 관계가 나에게는 좋지 않은 관계로 다가올 수 있다. 사람마다 가지는 경제적 수준부터 의식주 수준, 다양한 수준에서 다름이 생겨난다. 우열을 가리는 것이 아니라 수준이 높은 사람만을 만난다고 수준이 높아지는 것이 아닐 수도 있다는 것이다. 스스로 돌아보자.

높은 사람만을 쫓는다고 해서 내가 높아지는 것은 확실히 아니다. 어설프게 흉내 내다가는 가랑이만 찢어진다.

이번에는 내가 좋은 관계를 직접 만들어 본 경험을 소개하겠다. 회사 생활을 하며 거래처 관계로 알게 된 A의 이야기이다. 그와 처음 관계를 맺은 계기는 당연히 업무상의 이유였다. 좋은 성과를 내기 위해 식사를 하고 회의하고 공적인 연락을 하며 지냈다. 3년 차 무렵 우리는 어느새 서로의 '꿈'을 얘기하고 '마음'과 '생각'을 나눌 수 있는 관계로 자리매김하였다. 테이블에 앉아서 종이와 펜을 꺼내 들고 서로 숫자를 적어가던 우리의 관계가 무엇 때문에 변했을까?

나는 A와 목적성 만남일지라도 꾸밈없는 모습을 보여주었다. 화려하게 치장된 모습은 영원하지 않으며 언젠가 들통나는 순간이 오기 때문이다. 말투, 행동, 표정 나를 나타내는 모든 것들을 포장하지 않은 채 얻은 관계는 목적이 달성되었다 한들 끝나지 않고 관계가 이어진다. 여기서 그치지 않고 나는 A와 공통점을 찾았다. 기본적으로 공통점 하나 없이 관계를 맺는다는 것이 불가능하다. 서로의 생각을 서로에게 주입하려 언쟁하고 시시때때로 부딪힐 바에는 차라리 만나지 않는 것이 낫다. 자연스럽게 서로 공통점을 찾고 이야기 나누며 관계를 만들어 나가자. 언젠가는 타인이 아닌 나와 맞는, 나에게 좋은 관계가 될 것이다.

마지막으로 상대방이 나와의 관계를 맺어야 하는 이유를 만들어

주자. 나에게는 상대방과 관계를 맺어야 할 이유가 있는데 상대방은 그렇지 않다면, 또는 정작 상대방은 이유가 아닌 조건을 따져 나와 대인관계를 맺는다면 만약 내가 조건에 부합하지 않을 때 대인관계는 가차 없이 끊어질 수 있다.

좋은 대인관계를 맺는 것은 이유가 없어야 한다고 생각할 수 있지만 사실 그 이면에는 상대방과 관계를 맺어야 하는 이유가 확실하게 자리 잡혀 있다. 남들에게 좋은 관계라 해서 나에게도 좋은 관계인 것은 아니며, 조건을 따지는 한계적인 관계보다는 이유를 찾는 관계가 지속적이란 것을 명심하자.

〈연락 강박증에서 벗어나라〉

누구나 한 번쯤 그런 적 있을 것이다. 친구가 많고, 언제나 사람들과의 약속에 둘러싸인 사람에게 부러움을 가져본 적. 나는 언제부터인지 친구가 많고 챙겨야 할 사람, 만나야 할 사람들에 깔려있었다. 그 뒤에는 내 시간이 고스란히 묻어난 연락들이 있었다. 하루에도 수십 수백 통의 문자와 전화, 잠깐이라도 여유를 가지게 되면 쌓여있는 메신저 덕에 나는 휴대전화를 언제나 손에서 내려놓을 수 없었다. 그 속에는 애써 외면한 나의 좋은 결과에 대한 불안과 고집이 있었다. 쌓여있는 메신저 숫자를 보면 이것이 진짜 내 가치를 알려주는 듯한 착각에 빠졌다. 그리고는 이어지는 연락이 내 대인관계의 좋은 결과물이라고 믿었다.

우리는 유독 숫자에 영향을 받는다. 우리가 나눈 전화나 문자의 수, 알고 지낸 시간 등의 합을 통해 좋은 결과의 순위를 매긴다. 그래서 때로는 주변 사람들에게 숫자를 과시하기 위해서 숫자의 총합을 늘리려고 애쓴다. 불필요한 연락을 건네고 만남을 주선하거나 새로운 만남을 만들어낸다. 하지만 그 숫자는 영원한 것이 아니라 당장 내일이라도 0이 될 수 있다. 숫자에 집착하는 사람들은 짧게는 하루에 1번, 길게는 1~2주에 1번씩 연락을 주고받아야 한다고 생각한다. 그 시간 동안에 그들의 좋은 관계에 대한 불안, 의심이 드러난다. 매일같이 사람들과 연락하는 모습은 진정으로 좋은 결과를 꾸리는 것처럼 보인다. 그러나 이 연락들을 덜 신경 쓰게 되는 순간 자신의 좋은 결과는 물거품이 돼버린다.

예전엔 나 역시 그랬다. 메신저에는 항상 100개 이상의 숫자가 떠 있었고 그 숫자에 대해 뭔가 모를 뿌듯한 감정이 들었다. 스스로 우쭐거리기도 했다. 그 숫자들을 지키기 위해서 나는 나를 위한 시간을 보내본 적이 없었다. 매일같이 사람들의 안부를 묻고 사람들과 만남을 약속하고 심지어 주말마저 반납하며 열심히 사람들과 뒤섞였다.

그러던 어느 날 새로운 관심사가 생기기 시작했다. 그때 내 나이는 스물여덟이었다. 이르면 이르고 늦으면 늦은 나이에 취미활동을 가졌고 나름 오롯이 나 자신을 위한 시간을 맛보았다. '한 권으로 끝내는 자존감 브랜딩 기술'의 출판을 위해 원고를 쓰고 있는 지금도 어쩌면 나를 위한 시간을 보내는 중일지 모른다. 나의 관심이 자연스럽게 사람들에게서 멀어지면서 좋은 관계에 대해 다시 생각해 보았다. 내가 굳이 연락하지 않더라도 내 옆을 지켜주는 사람들, 든든하게 나를 지지하고 응원해 주는 사람들이 선명하게 보였다. 그때 나는 여태껏 나 자신보다 더 챙기려고 안간힘 썼던 연락이 꼭 좋은 결과를 낳는 것은 아님을 깨달았다. 내가 숫자에 집착하며 사람들과의 연락에 연연하는 것은, 결국 좋은 결과로 보이기 위한 연락 강박증이 아니었을까.

나는 이제 좋은 결과를 나타내는 숫자의 굴레에서 벗어났다. 보이는 숫자에 내 모든 것을 투자하지 않는다. 그랬더니 너무 홀가분하고 어느새 빛의 속도로 발전하고 있는 내가 보이는 것이 아닌가. 이로써 좋은 결과가 아닌 좋은 관계가 중요하다는 것을 깨우쳤다. 생각해 보니 나는 정말 친한 친구나 가까운 사람과는 잦은 연락을 주고받지 않는 사람이었다. 연락의 빈도, 숫자가 우리의 우정에 영향을 미치지 않을 거란 믿음을 가졌기 때문이었다. 오히려 가깝다면 연락을 잘 하지 않던 나로 돌아가 억지 연락을 하지 않기로 다짐했다. 그러니 연락에 집착하지 말자 단지 성향일 뿐이다.

연락. 신신당부하자면 경조사 연락은 잊지 말자. 기쁨과 슬픔을 함께 겪어주는 이는 길이길이 기억에 남는다. 숫자가 의미 있는 것은 아니지만 차라리 채울 거라면 경조사를 챙겨 숫자를 챙겨라. 사라지지 않는 숫자가 되어서 나에게 플러스되고 좋은 관계를 유지하게끔 도와줄 것이다. 이때 연락을 안 하게 되면 자신의 가치는 0이 아닌 마이너스가 될 것이니 경조사는 절대로 소홀하게 넘어가지 말자.

이 글을 읽은 지금 가장 가까운 관계의 사람을 생각해 보자. 그 사람과의 최근 연락은 언제, 어떤 방법이었나. 너무 잦은 빈도는 아니었나. 또는 사람들과 좋은 결과를 위해 내 시간을 불필요하게 자주 할애해야 하진 않았나.

요즘 관계에 회의를 느끼는 젊은 사람들은 '나만 놓으면 끊어질 관계' 라는 말을 자주 한다. 끊어지지 않기 위해 억지로 연락하는 사람이 많음을 알 수 있다. 다른 말로, '나' 만 이어가면 충분히 이어지는 이 관계가 건강한 관계일까? 마음 한편을 무겁게 하는 관계는 복잡한 생각과 불안만 키운다. 관계는 쌍방이다. 방법이나 빈도에 상관없이 교류가 만들어낸 하나의 끈이다. 맞잡고 있어야 할, 끈을 혼자서만 강하게 잡고 있다면 슬며시 놓아, 당신의 마음속 평안을 찾자.

〈전국구 인맥을 만들 수 있었던 비결〉

여러분은 과연 학창 시절에 어떤 친구가 부러웠나. 예쁜 친구, 공부를 잘하는 친구 또는 용돈을 많이 받는 친구. 보통은 나에게 없는 것을 가진 친구가 부럽기 마련이다. 어려서부터 각 지역을 돌아다니면서 이사하던 나는 한 지역에서 몇 년을 친하게 지냈다고 자랑할 만한 친구가 없었다. 그래서 다른 것보다 친구 관계에 있어 목말라 했었다. 같은 동네에서 쭉 자라 유치원부터 초등학교, 중학교를 함께 다니거나 부모님의 친분으로 자연스레 맺어진 소꿉친구 사이. 학창 시절 이들이 제일 부러웠다.

전학 생활이 잦았던 나에게 소꿉친구는 꿈도 꿀 수 없고 그 당시에는 SNS가 활발해지기 전이라 늘 무에서 유를 창출해내듯 친구를 사귀고 우정을 만들어야 했다. 그렇게 열심히 친구를 만들었더라도 경남 창원에서 서울, 서울에서 경기도 안산, 그곳에서 다시 남쪽 부산으로 이사하기 바빴다. 아무리 적응력이 좋은 나라도, 이 같은 장거리 이사는 친구들과 좋은 결과만을 남겨둘 뿐 좋은 관계의 유지는 어려웠다.

고등학교 1학년 끝 무렵 나는 또 전학을 가게 되었다. 이번에는 부산에서 경남 창원으로의 이사였다. 영혼의 동반자 '소울메이트' 같은 친구를 만난 지 이제 겨우 1년이 넘었을 무렵이었다. 한평생을 함께 하려던 친구와 끝이 난 것이다. 마지막 짐을 가지러 학교에 온 날 마지막으로 친구의 얼굴을 보고 싶어 찾아간 교실 문 앞에서 우리는 서로를 붙잡고 엉엉 울었다. 그렇게 작별 인사를 하고 친구가 건네준 편지 두 장을 보면서 버스에서 어찌나 울었는지 말도 못한다.

좋은 관계를 맺던 친구와 좋은 결과로 끝났다 생각했다. 친구의 편지에는 중요함을 강조하듯 큰 글씨로 '몸이 멀어진다고 마음이 멀어지지 않는다.'라고 쓰여 있었다. 친구에게 가장 듣고 싶은 말임에도 그 말이 믿을 수 없었고 따라서 그 후의 우리 사이를 기대하지 못했다. 거리가 멀어지는 만큼 17살 학생인 우리가 오가기엔 쉽지 않고 그렇기에 앞으로 볼 수 없다고 생각한 것이다. 게다가 굉장히 내성적인 친구라 시외버스 정류소에서 차표를 사고 그 큰 버스를 혼자 타고 나에게 오기는 어렵겠다며 지레짐작했다. 하지만 내 생각과 달리 친구는 정기적으로 나를 찾아와주었다. 처음으로 낯선 곳을 방문하면서 말이다. 분명 좋은 결과를 마무리했는데 친구는 아직 나와 좋은 관계를 유지하는 중이었다.

17살, 18살, 19살이 될 때마다 반복되는 담임 선생님과의 대화 레퍼토리 "너는 가장 친한 친구가 누구니?", "정재현입니다."를 망설임 없이 말했다며 내 앞에서 으스댔다. 10년이 지난 지금까지도 우리는 제일 친한 친구란 타이틀에 서로의 이름을 붙인다. 나아가 친구들에게는 서로를 "그 있잖아. 내가 제일 친한 친구"라고 소개한다.

나에게 둘도 없는 소중한 친구 최영호는 대인관계에는 끝이 존재하지 않음을 가르쳐 준 사람이다. 최영호와의 관계가 유지되다 보니

다른 친구들과도 좋은 결과가 아닌 좋은 관계를 충분히 유지할 수 있음을 알게 되었다. 그 후, '정재현은 전학생'이란 말이 믿기지 않을 만큼 많은 친구와 어색함 없이 연락을 주고받았다. 심지어 성인이 되고 한참 지난 지금까지도 진행되고 있다는 것이 믿기지 않는다. 얼마 전 나의 경사에 참석해 준 친구들은 거리를 막론하고 전국에서 모인 기록을 확인할 수 있었다. 좋은 결과가 아닌 좋은 관계를 맺기 위해 노력해야 하는 이유와 새삼 좋은 관계의 중요성에 대해 깨닫게 되었다.

이 자리를 빌려 나에게 좋은 결과가 아닌 좋은 관계의 중요성을 깨우쳐준 친구 최영호에게 감사의 말을 전하고 싶다. 최영호가 아니었다면 나는 여전히 사람과의 관계에 마침표 찍으며 아름다운 결실을 맺으려 노력하고 있었을 것이다.

나처럼 끝이 날 것 같았던 관계가 그대로 끝나지 않고 어떤 형태로든 이어진 경험이 있을 것이다. 어떤 이는 친구로 지내던 이를 직장 동료로 만난다. 또 어떤 이는 사이가 안 좋은 사람과 회사 거래처 담당 직원으로 마주한다. 우리의 대인관계는 정말이지 끝이 없다. 살아가는 동안 언제 어디서 어떻게 또다시 마주칠지 모른다. 좋은 결과를 만드는 것은 중요하고 관계를 유지하는 것은 더욱 중요하다.

인생을 살아가며 비슷한 코스를 밟는 친구들이 있다. 같은 중학교, 고등학교 또는 대학교를 나왔을 수도 있고 같은 아르바이트를 했을 수도 있다. 나에게도 그런 친구들이 있다. 모든 것이 비슷했던 친구들이 큰 차이를 가지고 있었는데 대인관계를 대하는 마음가짐이었다. 대인관계를 대하는 태도를 살짝 들여다보면 좁고 깊은 관계 또는 넓고 얕은 관계로 나뉜다. 조금 더 세밀화하면 온전히 신경을 곤두세우는 타입과 신경을 하나도 쓰지 않는 타입으로도 나눌 수 있다.

흐르는 세월에 따라 취업이며 창업이며 마냥 먼 얘기라 생각하던 우리에게도 밥벌이를 걱정하게 되는 순간이 왔다. 생각보다 쉽게 제 갈 길을 찾은 친구도 있었고 반대로 혼자 아등바등 온갖 노력을 하는데도 잘 풀리지 않는 친구도 있었다. 학교며 성적이며 경험이며 별반 차이 없었던 친구들의 격차가 벌어지게 된 것은 도대체 무엇 때문이었을까.

평소 대인관계를 중요하게 여기던 친구 A는 졸업 전에 교수님께 눈도장을 찍었다. 강의실 밖에서 교수님을 마주치면 늘 인사를 드렸고 수업 시간 이외의 시간에도 교수님을 찾아뵙거나 감사의 인사를 착실하게 전하기도 했다. 그 모습을 기특하게 여긴 교수님의 추천서를 받아 괜찮은 회사에 입사할 수 있었다.

또 다른 친구 B는 졸업이 다가오니 학비를 위해 2년간 아르바이트 하던 커피 가게의 사장에게 2호점을 도맡아 해 보지 않겠냐며 점장 제안을 받았다. B는 손님과의 관계도 하나의 대인관계로 생각하고 그들과의 관계를 잘 다져 가게에는 단골이 끊이지 않았다. 손님 직원 할 것 없이 칭찬하는 B를 사장이 믿었고 이런 제안을 받게 된 것이다.

마지막으로 친구 C는 추천이나 제안은 받지 못했다. 하지만 대인관계를 소홀치 않게 하던 C의 성향이 예상치 못한 부분에서 한 획을 그었다. 희망하는 회사의 면접 날이 다가왔고 면접 장소는 유명한 뷔페였다. 면접에 앞서 '팀'을 이루어 식사하라는 면접관의 말에 모두가 테이블에 앉았다. 조용히 접시에 코 박은 채 식사만 하는 사람, 식사는 안중에도 없고 조금이라도 튀어 보이려 면접관을 붙잡고 이리저리 어필하는 사람, 혼자서 거울에 비친 옷매무새 정리하기 바쁜 사람 가지각색이었다.

C는 평소처럼 식사하며 그나마 식사에 열중하는 사람들과 대화했다. 날씨를 이야기하고 지방에서 올라온 지원자들에게 서울의 핫플레이스를 소개해 주고 상대방의 차림새에 대해 칭찬해 주었다. 안면도 트지 않은 사람들과의 식사가 누구에게는 가시방석처럼 불편한 자리였을 것이다. 그러나 C는 자신이 면접에 와있다는 것도 잊을 정

도로 편하게 식사했다. 새로운 사람과의 만남이 겁나지 않고 낯선 이들과의 대화가 편할 수 있었던 것은 아마도 C가 그간 갈고닦았던 대인관계의 노하우 때문이 아니었을까.

당연하게 C는 면접에서 합격했다. 면접관에게 들은 후일담으로는 뷔페에서의 식사는 면접의 일부분이었다. 처음 만난 낯선 사람들과 관계를 얼마나 잘 풀어나가는지를 식사 자리를 빌려 체크한 것이다. 타인을 대하는 어투나 행동은 한순간에 만들어지는 것이 아니기 때문에 몸에 배어있는 자연스러운 모습인지는 분명히 금방 탄로 난다. 그렇게 A, B, C 모두 나란히 나름의 직업을 가지게 되었다. 그것도 대인관계가 좋아서, 대인관계를 중요시 생각해서, 대인관계를 대하는 태도가 보여서 모두 '대인관계'로 이루어졌대도 과언이 아니다.

대인관계가 때로는 미래를 결정짓는다. 좋은 대인관계는 먼 훗날 나에게 약이 되지만 나쁜 대인관계는 독이 되어 돌아온다. 좋은 대인관계를 맺기 위해서는 관계를 대하는 마음가짐과 관계를 위한 행동을 수시로 점검하는 습관부터 길러야 한다. 오늘 하루 동안 만난 사람을 모두 기억하고 그를 대하는 나의 태도는 어땠는지 되돌아보자. 후회되는 언행이 있다면 즉시 고쳐야 한다.

더불어 좋은 대인관계를 가지기 위해서는 대인관계에 대한 마인드부터 구축하자. 대인관계를 맺어야 하는 이유나 대인관계를 통해 얻고자 하는 이익 그리고 본인이 생각하는 이상적인 대인관계까지 짚고 넘어가야 한다. 자가 점검을 지속적으로 하다 보면 불안정했던 대인관계가 안정기에 접어든다.

사람들에게 사랑받는 사람들은 대인관계를 무엇보다 중요하게 생각한다. 그들은 대인관계를 끊임없이 이어진 유기적 관계로 생각한다. 요즘 세상은 SNS 같은 연락 수단이 다양해져서 한 치 건너면 알 수 있는 관계들이 늘어났는데 억지로 나쁜 기억을 심어줄 필요가 없다. 평소 사람과의 관계를 단단하게 엮는 습관이 있다면 어쩌면 우리는 명함을 하나 가지게 될지도 모르는 일이다.

03

주인공보다 관계의
주인이 되어라

〈주인공이 아니어도 괜찮아〉

　주인공은 항상 변하기 마련이다. 오늘 있을 모임에 있어 주인공인
것이지, 모든 모임의 모든 날에 주인공이 될 수는 없다. 비록 주인공
자리를 빼앗기기 싫더라도 '나'로 인해 돌아가는 모임은 유지되기
힘들다. 연예인을 위해 팬들이 주최해 주는 팬미팅을 기대한다면 큰
일이다. 정말 내가 그런 유명인이며 그런 나를 위한 모임이 열리는
것이면 몰라도 친목을 도모한 모임에서 주인공 자리를 계속 자처하
면 이 모임은 유쾌하기 어렵다.

　사람들은 누구나 사랑받기를 원하는 욕구가 있다. 만약 모든 사람
이 사랑받고자 하는 욕구를 표현하며 주인공이 되기를 원한다면 서

로를 경쟁자로 여길 것이다. 그럼에도 불구하고 우리는 유기적으로 사람을 만나고 여럿이 모이는 사교모임을 도모한다. 끊임없는 사람들의 관계 속에서는 분명히 들러리를 자처하는 사람도 있을 것이다. 본인이 충분히 주인공이 될 수 있는 상황에서도 다른 이들에게도 관심을 가질 수 있도록 오히려 유도해 준다. 이들은 대체로 주목받는 것을 싫어하는 것이 아니라 주목받지 못하는 이들을 챙기려 힘쓴다.

누구는 주인공이 되려고 안간힘을 쓸 때 누구는 다른 사람을 주인공으로 만들어 주고 있다. 우리의 눈에는 잘난 척하거나 사람들의 집중을 받고 싶어 꾸며진 모습을 내비치는 사람보다는 다른 이의 새로운 모습과 좋은 일들을 칭찬해 주는 사람이 더 예쁘게 보인다. 이들은 누군가를 주인공으로 만들어 주며 실제로는 관계의 주인으로 자리매김한다.

나는 매번 친구들의 생일파티를 주선해 주는 역할을 놓치지 않는다. 이때 주인공은 내가 아니다. 하지만 내가 친구의 생일에 대해서 먼저 얘기를 꺼내고 파티를 계획하는 주인은 될 수 있다. 나로 인해서 주인공이 만들어지는 것은 참 뿌듯했다. 어떤 날에는 누군가의 생일이라는 큰 행사뿐만 아니라 타지에서 터를 잡은 친구가 고향에 내려온다는 소식에도 모임을 주최하기도 한다. 이 또한 고향을 방문한 친구가 주인공이 된 모임이지만 이렇게 친구들을 한자리에 모은 것은 '나'라는 점이 주인공보다 관계의 주인으로서 모임을 이끌어

나간다는 사실에 한층 더 프라이드를 높일 수 있다. 이렇게 내가 주인이 되어 상대방을 주인공으로 만들어 주면 이들은 나의 생일이나 나의 중요한 날들을 절대 빼놓지 않고 챙겨준다. 그렇다. 내가 나를 주인공으로 만들지 않았다고 해서 주인만 되는 것이 아니라 그들의 날을 주인공으로 대접해 주면 나 또한 나의 날에 주인공이 될 수 있다.

주인공이 되는 것은 어렵지 않다. 생일이 다가오거나 취업에 성공하거나 진급을 하고 결혼을 축하하는 자리에서 주인공이 될 수 있다. 당장 지금 나의 순서가 아닐 뿐이다. 순백의 드레스를 입는 순간은 결혼식에서만 아름답다. 클럽에서, 카페에서, 직장의 미팅 자리에서 드레스를 입고 예쁨 받으려고 하면 어떨까? 그것만큼 우스꽝스러운 일은 없다. 주인공이 되는 순간을 만끽하려면 막무가내로 나서서 관심 받으려 하지 말자. 적절한 시기에 입는 순백의 드레스가 정말 아름다운 것이다. 관심에 목이 마른 나머지 어리석은 행동을 하게 되어 오히려 관계에서 떨어져 나갈 수도 있다.

먼저 존중해 주고, 주인공으로서 북돋아줄 때야말로 내가 진정 주인공이 되고자 하는 날에 주인공 대접을 받을 수 있다. 나로 인해 관계가 만들어지고 또 그 관계가 쌍방으로 좋은 영향을 미치며 유지된다면 나는 모임이 끝나지 않게 이어나가는 그 관계의 주인이 될 수 있다.

주인공의 자리는 잠시 미뤄두자. 정작 사랑받는 사람들은 주인공이 되지 않고 주인이 되기를 원한다. 새로 이사 간 우리 집에 집들이를 위해 놀러 온 손님들을 대접하듯 나의 모임에 참석한 사람들을 소중하게 대하자. 그러면 언젠가 내가 그들을 주인공으로 만들어 준 것처럼 그들은 나를 주인공으로 만들어 줄 것이다.

관계의 주인은 항상 관계를 돌아볼 줄 알아야 한다. 모두에게 주인공의 자리를 도맡게 했는지 혹시나 한 번도 관심을 받지 못한 사람이 있는 것은 아닌지 관계가 으스러질 수 있는 요인은 없는 건지 튼튼하고 건강한 관계를 위해 상태를 체크하자.

관계의 주인공이 되기는 쉽지만, 관계의 주인이 되는 것은 어려운 일이다. 책임감도 있어야 하며 남을 돌볼 줄 아는 배려심도 있어야 한다. 그렇지만 좋은 주인이 되면 나의 관계에 속하고 싶어 하는 사람들이 생길 것이며 그 사람들이 주는 사랑으로 인해 주인은 사랑받는 사람이 될 수밖에 없다.

〈나의 현실 팔로워는 몇 명인가요〉

SNS에서 문득 사람들의 팔로워를 무의식적으로 보게 된다. 그리고는 그 팔로워 숫자로 사람을 판가름하기도 한다. 나도 그랬다. 어마어마한 숫자를 가진 사람들을 보면 엄청난 인맥을 가지고 있다 생각했었다. 그렇게 보유한 사람들을 대상으로 공동구매를 진행하는 점이 대단해 보였다. 우리는 그들을 인플루언서라 부르고 영향력 있는 사람으로 평가한다. 서로 소통하고 공통분야를 공유하는 것은 너무나도 좋다. 문제는 보이는 숫자가 마치 정말 내 인맥인 마냥 착각하는 것이다. 인친(인터넷 친구)을 통해 무지막지하게 늘려놓은 숫자는 나를 SNS 속 주인공으로 만들어 줄지언정 결코 관계의 주인으로 만들어 주지는 않는다.

내 주변에 1만 명이 넘는 네트워크 팔로워를 소유 중인 지인이 있다. 누가 봐도 인싸인 그녀는 한번 사진을 올릴 때면 몇천 개의 하트를 받았으며, 예쁘고 패션 감각이 좋다며 오늘 날씨가 좋으니 좋은 하루를 마무리하라는 몇백 개의 댓글이 달린다. 그랬던 그녀가 우울증에 걸렸다. 문맥에 따라 예상 가능하듯 인터넷상에서 주인공 행세를 하며 인기를 한몸에 받던 그녀는 사실 진짜 친구는 고작 손가락으로 셀 정도였다. 그랬던 친구들마저 취업하여 타지로 나가거나 결혼하고 가정에 충실하며, 그녀 주변이 말 그대로 텅텅 비게 된 것이다. 정작 속 얘기를 터놓고 싶을 때 SNS 속에서 나를 팔로워 하는 사람들을 제외하고는 할 상대가 없다는 걸 깨달았다. 그녀는 분명 팔로워가 많은 계정의 주인공이었지만 팔로워들과 관계의 주인이 아니었다.

우리, 지금부터 자신의 '현실 팔로워'는 과연 누구인지 몇 명인지를 파악해 보자. 내가 필요로 하는 상황에 기꺼이 나타나 줄 사람, 그러지 못하더라도 충분한 신경을 써 줄 수 있는 사람 누구라도 상관없다. 나를 기준으로 어떤 수단으로든 나를 따라 줄 사람을 알아내자. 그리고 그들과의 관계를 유지할 방법을 생각하는 것이 중요하다. 인터넷상에서 관계를 맺은 사람보다 현저히 숫자가 적을 수 있다. 그래서 현실 팔로워의 숫자를 세는 것은 SNS의 숫자를 과감히 버리고 시작해야 한다. 어쩌면 나의 기대에 미치지 못해 실망스러울 수 있다.

세상은 우리를 강하게 채찍질한다. 친구들과 술 한잔하며 새벽녘까지 수다를 떠는 시간이 여유롭던 때와는 비교하기 무색할 정도로 요즘 시대에는 서로 자기를 위해 투자하는 시간이 중요해졌다. 이제 겨우 스무 살, 대학교에 발을 들이자마자 취업을 위해 자기 스펙을 관리한다. 예전이면 동아리 활동이며 OT나 MT, 개강 총회 학교에서 열리는 행사들을 호기심 가득한 채 참여했을 것이다. 지금은 추억을 쌓는 단체 활동보다도 자기 발전에 초점을 맞추는 친구들이 보인다. 심지어 고등학교에서부터 진로를 정하고 확고하게 자기 시간을 투자하는 발 빠른 친구들도 있으니 우리의 높은 현실 팔로워 숫자는 애초에 기대하지 못하는 세상으로 변했다고 볼 수 있다.

현실 팔로워 숫자를 일찌감치 파악하는 것은 관계의 주인이 될 수 있는 좋은 방법이다. SNS와 현실을 애초부터 구분해 관계의 주인이 되기를 먼저 자처하는 사람은 훗날에 SNS에 흥미를 잃거나 어떠한 사유로 계정을 탈퇴하는 순간이 오더라도 큰 타격을 받지 않는다. 그러나 SNS 속 팔로워 숫자에 눈멀어 혼돈하고 있던 사람은 언젠가 앞에 말한 나의 지인처럼 허무맹랑한 자신의 현실 팔로워 숫자에 인간관계의 회의감이 들 것이다.

지금이 나의 팔로워를 재점검할 시기이다. 시간과 노력을 투자해서 늘려놓은 숫자가 만약 나의 SNS 접속률이 줄어들면서 인플루언서로 주목되지 못한다면 어떨까. 그들은 아무것도 업로드되지 않는 나의 팔로워가 되기를 자처하지 않을 것이다. 그렇게 언팔이 늘어나고 결국 팔로워 수에 있어 마이너스가 일어난다고 상상해 보자. 얼마나 아까운지 말도 못 한다. 반대로 꾸준하게 일정한 팔로워를 보유한 사람도 있다. 심지어 이들은 현실 팔로워와 SNS 팔로워의 수가 크게 다르지 않다.

얼굴도 모르는 SNS 팔로워에게 관심을 가지고 열심히 댓글 달며 소통하는 동안 그들은 현실 팔로워의 안부를 물으며 어느새 관계의 주인이 되어 있을 것이다. 선택은 당신의 몫이다. 당신을 굳건하게 따라줄 현실 팔로워 숫자를 높이고 싶다면 우선순위를 정하라. 주어진 시간 내에 또 한 명의 인싸를 위해 열심히 스마트폰 속 자판을 치고 있을지, 아니면 나를 믿고 진정으로 따라주는 현실 팔로워와의 관계의 주인이 되기 위해 노력할지.

브랜딩을 굳히는 마인드 기술

- 상처받는 말을 들었을 때 상대방의 의도까지 파악해가며 곱씹거나 억지로 상처받지 말자.
- 좋은 사람은 그냥 오는 것이 아니다. 내가 좋은 사람이어야 함을 기억하자.
- 긍정적 마인드는 사람과 사람의 연을 맺고 끊는 척도가 될 수 있다.
- 사람들의 시선을 의식한 불편한 대인관계는 피하는 것이 상책이다.
- 연락은 수단일 뿐이지, 가깝고 친하고 정도를 나타내는 것이 아니다.
- 사람 관계는 끝이 없으며 단지, 유지하는 중인 것으로 마인드를 바로잡자.
- 매사에 사람을 대하는 태도가 미래를 결정짓기도 한다.
- 주인공보다 주인공을 만드는 '주인' 이 되자.
- SNS 속 인맥도 좋지만, 현실 인맥을 돌아보고 지키려 하자.

씨앗을 너무 큰 화분에 심어버리면 오히려 잘 크라고 제공한 영양분이 화분 밑으로 새어버려 공급되지 못하는 경우가 있기 때문이다. 처음부터 욕심내지 말고 꽃의 크기에 알맞은 화분을 선택하자. 당신의 현명함 속에 피어나는 꽃은 더없이 생기가 넘치고 아름다울 것이다.

PART

07

당신이 브랜딩 기술을
꼭 익혀야 하는 분명한 이유

작은 시도, 거대한 변화

〈작은 것이 지닌 힘〉

비슷한 시기에 두 명의 친구가 옷 장사를 시작했다. 그러나 5년이 지난 지금 A는 10명의 직원을 거느리고 있는 인터넷 쇼핑몰 사장이 되었다. B는 경기 불황을 이겨내지 못하고 좀 더 저렴한 시세의 가게를 찾아다니며 겨우 적자를 면하는 수준이다.

B는 쇼핑몰 사장이 된 A가 늘 부러웠다. 하지만 A가 하루아침에 우뚝 올라서게 된 건 아니었다. A에게도 눈물겨운 사연이 있었다. 부푼 기대로 시작했던 옷 장사. 하지만 경기는 나날이 후퇴되어 손님의 방문은 예상했던 숫자에 미치지 못했고 날씨 변화에 민감한 옷의 재고는 쌓여만 갔다. 계절이 바뀌는데 옷을 구매할 여윳돈이 없

어 급기야 가게 폐점을 결심했다.

그러던 중 SNS를 통해서 옷을 판매하는 이들을 알게 되었고, A는 마지막 재고떨이라도 할 심정으로 계정을 만들었다. 정성껏 옷을 매치하고 촬영하고 업로드를 시작하니 옷을 구매하겠다는 사람들이 생겨났고 반응에 힘입어 하루도 빠짐없이 쇼핑 계정을 관리했다. SNS의 특성상 24시간 손님과 소통하는 불편함도 게을리하지 않았다. 당장 옷을 주문하지 않아도 나중에 손님이 될 수 있다며 수시로 연락을 주고받았다. A의 성실함은 가게 폐업 위기에 놓인 사람으로 보이지 않았다.

시간이 지나면서 A의 SNS를 받아보는 팔로워 숫자가 늘어났고 폐업은커녕 오히려 더 좋은 길목으로 가게를 버젓이 이전하고 이제는 한 회사의 오너가 되었다. 남은 재고 고민으로 시작된 작은 시도가 거대한 변화를 불러일으켰다. 가게 폐업 전, 재고 고민에서 시작한 친구의 작은 시도가 나에게는 어떻게 작용했을까?

단짝 친구 한 명을 간절히 원하던 내가 떠오른다. 나는 딱히 정해둔 건 아니었지만 지금에 와서 생각해 보면 비교적 넓고 얕은 관계를 선호하는 아이였다. 그래서 바로 옆 친구가 나에게 서운한 일이 있었대도 대수롭지 않게 생각하며 넘어가는 일이 비일비재했다. 한 명의 친구와 깊은 관계를 갖기보단 여러 명의 무리 속 관계에 이끌린 여중생 정재현의 대인관계는 넓고 얕았다.

고등학교 진학에 대한 고민 타임은 나에게도 왔다. 이야기하고 싶던 중 속 깊은 얘기를 하려니 터놓고 말할 만한 친구가 마땅히 없음을 깨달았다. 그렇다. 뿌린 대로 거두는 격이었다. 친구들에게 나는 재미있는 친구로는 손에 꼽힐지언정 내가 단짝 친구로 꼽히기는 어려웠다. 나의 대인관계에 대한 약간의 회의감과 허탈함이 느껴졌다.

그러다 나는 '최영호'와 새로운 친구 관계를 형성했다. 앞서 말했듯이 이 친구는 나에게 지금까지도 가장 친한 친구이다. 나는 이 친구에게만큼은 손에 꼽히는 사람이 되고 싶었다. 그리고는 누구든지 시작할 수 있는 작은 것부터 시도하였다. 등교 하교를 함께 하려고 평소보다 일찍 일어나 약속 장소에서 기다렸다. 서로 배고픔을 달랠 때는 친구가 좋아하는 떡볶이를 먼저 먹자며 제안하고 주말에는 공부하러 학원에 간 친구가 혼자 심심할까 나도 학원에 나갔다. 친구가 좋아하는 노래를 따라 부르고, 친구가 힘든 상황에 놓이면 나의 것을 제쳐두고 한걸음에 달려갔다. 그리고는 가슴속 깊이 생각했다. "난 최영호의 단짝 친구가 될 테야."

몇 개월이 훌쩍 지나고 나는 '단짝 친구'라는 말을 들을 수 있었다. 드디어 나도 누군가의 소중한 친구가 된 것이다. 넓고 얕은 관계가 아닌 깊은 관계에 희열을 느낀 나는 다른 친구들에게도 단짝 친구가 되고 싶어졌다. 나와 이야기하며 재미를 느꼈으면 좋겠고 그러기 위해서는 말주변이 좋아야 한다는 것을 알았다. 책과 TV를 통해 말 잘하는 사람들을 유심히 보고 그 사람들의 표현법을 기억했다. 전학 간 낯선 곳에서도 친구를 사귀기에는 충분했다.

대학교에서는 더 많은 사람을 만나게 되었다. 사회에 발을 내디딜 준비를 하는 사람들의 모임이라 그런지 이들은 온갖 경험을 서로 얘기하기 바빴다. 어떨 때는 대화를 하기 위해서 비슷한 경험이 필요했다. 그래서 경험을 많이 쌓고 이들과 공통점을 찾아냈다. 이성, 친구, 가족, 아르바이트, 취업 등등의 고민을 이야기보따리가 큰 나에게 상담하기를 원했다. 한 학년이 끝날 때쯤 친구들이 말했다. "난 제일 친한 친구가 너야." 또 다른 친구들의 마음을 얻을 수 있었다. 굳이 '제일, 가장'이 아니래도 괜찮았다. "학창 시절에 생각나는 5명 중에 한 명은 너야."라는 말만 들어도 나는 승산 있었다.

어쩌면 작은 마음가짐으로 시작했던 시도들이 모여서 친구들에게 확연히 손꼽히는 지금의 내가 되었을지도 모른다. 나의 대인관계에 있어 거대한 변화를 불러일으킨 격이다.

사랑도 그렇다. 아무런 시도도 하지 않고 사랑받기를 원하는 것과 직접 작은 것부터 시도하여 사랑받을 수 있는 나로 개척하는 것은 아주 큰 차이가 있다. 처음부터 큰 욕심을 부리는 것보다 차근차근히 호감을 얻어라. 호감이 모이고 모여서 당신은 사랑받는 사람이 될 수 있다. 반면에 무작정 사랑받기만을 원하는 사람이 있다. 심지어 안면이 없던 사람에게 만남 첫 순간부터 사랑받으려는 욕구가 무리하게 샘솟는 사람도 있다. 오히려 상대방은 부담감을 느낀다.

페이스 조절을 하지 않은 채 마라톤을 완주하려다 부상하는 아마추어 선수를 떠올려 보자. 이처럼 혼자 급급하게 되면 우리는 결국 지쳐서 나가떨어진다. 하나씩 시도하자. 바로 옆에 있는 친구의 마음을 사는 것부터 시작해서 점차 그 옆에 다른 친구, 회사 직장동료, 거래처 동료들까지 호감을 사보자. 셀 수 없을 정도의 친구가 있었지만 정작 단짝으로 꼽히지 못했던 나를 돌아보면 그때의 나는 당신보다 더 평범하기 그지없었다. 옆 친구 마음을 헤아려주는 작은 시도를 기점으로 현재 대인관계 수업을 진행할 만큼 인정받고 사람들에게 관계를 지도하는 전문가 타이틀을 얻게 되었지 않나.

당신의 삶에 거대한 변화가 일어나길 원하는가? 그럼, 지금 실천할 수 있는 작은 시도부터 당장 시작해 보자.

02

사랑받기보단 스스로
분명해져라

〈당신의 꽃이 필 때까지〉

이 세상에는 수많은 꽃이 존재한다. 꽃이 피는 계절을 생각하면 언제가 떠오르는가? 나는 따뜻한 봄이 떠오른다. 그런데 이러한 꽃들은 봄에만 만개하는 것이 아니다. 입김이 나오기 시작하는 겨울에 어여쁜 모습으로 피기 시작하는 동백꽃을 기점으로 모든 꽃은 피는 시기가 모두 다르다는 것을 알 수 있다. 하물며 꽃도 그마다 때가 있는데 사람마다 꽃을 피우는 시기가 같을 수 있겠는가.

우리는 저마다의 꽃을 품고 태어난다. 모두가 꽃이 피어나기를 간절히 원하지만 정작 꽃을 피우려 노력하는 방법은 가지각색이다. 먼저 꽃의 품종을 알고 꽃이 피어날 수 있는 환경을 제공해야 한다. 양지에서 자라는 꽃이라면 햇빛을 가득 받을 수 있도록 해주고, 음지에서 자라는 꽃이라면 최적화된 그늘을 제공해 준다. 매일 물을 주어야 하는지 보름 이상의 틈을 주고 물을 주어야 하는지도 중요하다. 꽃마다 특성이 다르기 때문이다. 그러나 어떤 이는 정형화된 지식만을 가지고 억지로 꽃을 피우고자 한다. 흙에서 자라는 꽃만을 기억하고 물에서 자라는 수경 식물을 무작정 화분에 심는다면 며칠도 못 가 생명을 다할 것이다. 또 몇 년에 한 번 피는 꽃을 단기간에 피우려 꽃 주변에 영양분을 넘치게 꽂아버려 꽃을 피우기는커녕 죽이는 경우도 있다.

꽃이 피기를 원한다면 꽃을 먼저 알아야 한다. 사람도 그렇다. 우리가 꽃을 피우기 원하는 이유는 탐스럽게 피어있는 꽃이 제값에 팔리듯이 나의 꽃이 피는 시절에 내가 사람들에게 사랑받을 수 있어서다.

어느 날 하는 일이 승승장구해 사업이 번창하거나 승진을 앞다투게 될 기회가 생겼다고 가정해 보자. 당연히 재산이 불어나 그간 사고 싶었던 옷이나 액세서리를 원 없이 구매하고 가고 싶은 여행지에 아무 고민 없이 떠날 수 있을 것이다. 바로 당신의 꽃이 피는 시기가 온 것이다. 꽃이 피기 시작하고 탐스럽게 만개할 때 즈음에는 타인에게도 베풀 수 있는 마음의 여유도 생긴다. 그런 예쁜 꽃을 피운 당신은 사람들에게 사랑을 받을 가치가 된다.

정체가 불분명한 꽃을 무작정 피워 사랑받기보다는 나의 꽃이 분명해지는 것이 중요하다. 꽃피우는 방법을 제대로 모르는 사람들은 먼저 꽃피운 사람을 보고 비련의 주인공이라도 된 듯 우울해한다. 그러나 당신의 꽃도 이내 필 것이다. 자신의 꽃을 잘 알고 있다면 말이다. 꽃이 자랄 수 있는 환경을 분명히 알 듯, 자신의 존재 이유, 가치, 자아정체성부터 성격, 성향, 좋아하는 것과 싫어하는 것, 잘하는 것과 못 하는 것부터 알아보자.

자신의 꽃을 분명히 알아 만개시키는 사람 즉, 스스로 분명해져 사랑받는 사람을 꼽으라면 나는 '박나래' 라 말하겠다. 2019년 연예대상을 손에 거머쥔 희극인 '박나래' 그녀에게도 꽃이 있었다. 그녀의 꽃은 쉽사리 단기간에 피는 꽃이 아니었다. 그 답답한 시간을 보내면서도 그녀는 억지로 꽃을 피우려 하지 않았으며 천천히 만개할 그 날만을 기다렸다. 기다림은 자그마치 10년이었다. 일주일에 1번 일하는 것도 익숙하지 않았던 그녀는 어떻게 기다렸을까. 어떤 이는 자신의 꽃은 왜 피지 않느냐며 망연자실했을 것인데 오히려 그녀의 분명 자신의 꽃이 이내 곧 피어난단 확신을 가졌을 것이다.

인정받고 사랑받는 삶을 우선으로 살아왔다면 그녀는 오랜 무명 시절을 버티지 못하고 대중화된 안정적인 직업을 가지지 않았을까? 그렇지만 그보다 자신이 사랑하는 일을 할 수 있는 희극인으로 남기를 원했고 대학로에서 연극하고 때로는 인터넷 개인 방송을 진행하며 나날을 보냈다.

10년째 되던 해 그녀의 꽃에 봉오리가 맺혔다. 여기저기서 방송 러브콜이 쇄도하였으며 드디어 자기 자신에게 분명한 사람임을 증명할 수 있었다, 한결같은 고집이 반짝였다. 오랜 기간 자신에게 분명해진 박나래는 방송을 위한 거짓 콘셉트를 잡을 필요가 없었고 대중은 그런 그녀에게 끌렸다. 그리고 언제 피지 않는 꽃이었냐는 듯 박나래 그녀만의 예쁜 꽃이 피어났다.

나는 그녀가 나오는 방송을 보면 웃음이 절로 나온다. 프로그램의 콘셉트가 좋기도 하고 그녀의 재치 있는 입담이나 꾸밈없는 모습 때문이기도 하다. 하지만 확실한 이유로는 스스로에 대한 분명함 때문이라 말하고 싶다. 무명시절에 늘 듣던 자존심 긁는 소리를 피하려 평범한 직업으로 전환했거나 사랑받기 위해 억지로 만들어내는 모습이 눈에 훤히 보였다면 결코 이토록 박나래를 사랑하지 못했을지도 모른다.

보통 사람들은 먼저 사랑받기를 원하고 분명해지는 순서를 거친다. 하지만 그녀는 달랐다. 먼저 본인을 스스로 파악하고 숨김없이 낱낱이 노출하고 마지막으로 사랑받는 삶을 택했다. 남들처럼 억지로 꽃을 피우기보다는 나만의 꽃을 분명히 알고 꽃이 예쁘게 필 때까지 기다렸다.

그녀의 꽃피우기 방식을 따라 해 보는 것은 어떨까. 나의 꽃이 무엇인지, 어떤 환경에서 살아남는 꽃인지를 아는 것이야말로 나의 정체성을 정확하게 알게 되는 것이다. 처음부터 무리해서 큰 화분에 씨를 심기보다 작은 화분부터 시작하여 점차 성장에 따른 화분의 크기를 키우는 것도 중요하다. 씨앗을 너무 큰 화분에 심어버리면 오히려 잘 크라고 제공한 영양분이 화분 밑으로 새어버려 공급되지 못하는 경우가 있기 때문이다. 처음부터 욕심내지 말고 꽃의 크기에 알맞은 화분을 선택하자. 당신의 현명함 속에 피어나는 꽃은 더없이 생기가 넘치고 아름다울 것이다.

〈결핍보다는 나눔으로 만나라〉

주변을 찬찬히 돌아보면 간혹 사람 욕심이 과한 사람들이 눈에 보인다. 그들이 보이는 사람 욕심의 형태는 제각각이다. 누구는 아예 대놓고 내 사람으로 만들고자 열심히 들이대고 있는가 하면, 아닌 척하면서도 은근히 사람들의 관심이나 사랑을 욕심내는 사람이 있다. 왠지 이런 사람들은 마음 한구석이 허전해 보이고 분명하지 못해 보인다. 평생을 줏대 없이 이 사람, 저 사람만 쫓아 살아가다 끝날 것 같아 때로는 안쓰럽다.

늘 완벽한 외모와 몸매만 보여주며 고가의 상품을 CF 찍고 이미지화시키며 끝으로 모두의 워너비 역할, 엄친 딸을 연기하는 여배우는 과연 모든 이들에게 사랑받을까? 그녀를 사랑하지 않는 소수의 사람도 당연히 있다. 하물며 몇십만 명의 팬을 거느리는 그녀에게도 안티팬이 존재하는데 우리는 왜 모두에게 사랑받기를 원할까.

어렸을 적부터 어린아이가 귀했던 집안에 장녀로 태어나 어른들의 무한한 사랑을 받으며 자란 나는 마냥 행복하지만은 못했다. 그토록 나를 사랑해 주시던 할머니, 할아버지께서 서운하실 수 있지만 사실 나에 대한 편애는 한 번씩 고스란히 부담으로 다가왔다. 세 살 터울의 내 여동생이 관심받지 못한 것이 그 이유였다. '재현이'를 입에 달고 계신 우리 할머니는 동생 '재희'를 부르실 때도 무심결에 '재현이'라 하셨다. 재희가 칭찬받을 일이 있어도 나를 칭찬하셨고 이뿐만이 아니라 무엇이든 내가 먼저가 되었다.

너무나도 감사하고 행복에 겨워야 할 일이다. 하지만 나는 그럴 수 없었다. 나를 쓰다듬어주실 때 애써 눈을 외면하는 재희, 나에게 선물을 주실 때 자리를 피하는 재희, 나만 자랑스러워하실 때 눈물을 글썽이는 재희, 나에게는 온통 재희의 모습뿐이었다. 나는 소외된 재희를 보며 마음 아파하기보다 실질적으로 사랑을 나누어주겠다고 다짐했다. 그래서 할머니께서 '재현이'라 얘기하실 때면 '재희'라 정정해 드렸다. 할머니께서 나를 쓰다듬어주실 때는 옆에서 재희를 살며시 밀어 할머니의 손길이 닿게 하였다. 게다가 이유 불문 나를 칭찬하실 때면 함께 칭찬받아 마땅할 재희를 꼭 언급해 말씀드렸다.

노력 끝에 이제는 자연스레 할머니와 나보다 더 자주 통화하는 재희의 모습이 보인다. 점차 나에 대한 할머니의 일방적인 사랑이 재희에게 나누어졌지만 나는 기분이 참 좋았다. 그림자가 될 수밖에 없었던 재희의 시간이 보상될 수 있다면 충분했다. 가족들에게서 일찌감치 미리 배운 덕일까?

사랑은 자고로 혼자서 독차지하는 것이 아니며, 나누었을 때 마음이 더 풍요로워진다는 것을 몸소 깊이 깨달았다. 사람들 사이에서 뻔하디 뻔한 이목을 끌고 사랑에 목매어 모든 사람에게 사랑받고자 하는 욕심을 내려놓고 사는, 비로소 사랑을 나눠줄 수 있는 내가 된 것이다. 오히려 한 사람 한 사람의 사랑에 집착하지 않으니 진정한 내 사람들과 함께하게 되었다.

내가 브랜딩 해야 할
분명한 이유

〈나의 기준으로 살아가기〉

22살이 되던 해 미국으로 배낭여행을 떠났다. 그때의 나는 해외여행이라고는 학교에서 3개월 다녀온 필리핀이 전부였던 터라 내 인생에서 '미국'이란 생각도 못 해본 먼 상상의 나라였다. 그 상상의 나라에 너무나도 가고픈 나머지 바쁜 일상 속에서도 하루에 2개의 아르바이트를 해가며 허리띠를 졸라매고 주어지는 일을 모두 해내었다. 그리고 저가 항공이긴 하지만 두 번의 경유 과정으로 미국 땅을 밟을 수 있었다. 언젠가 꿈이었던 풍경인 자유의 여신상이 내 눈앞에 펼쳐지고, 말로만 들어왔던 브로드웨이 뮤지컬을 감상하며, 뉴욕 도심에 서 있는 나 자신이 뿌듯하기 그지없었다.

하지만 뿌듯함은 오래가지 않았다. 여행 도중 우연히 알게 된 친구가 있었는데, 친구는 대기업에 종사하시는 아버지의 잦은 출장으로 인해 쌓여있는 마일리지를 이용해 직항으로 미국에 왔다고 했다. 뭔가 모르게 충격적이고 좌절감이 느껴지는 순간이었다. 이것이 애초부터 가지고 태어난다는 금수저 세상의 사람이라는 것을 알게 되었다. 내가 수많은 노력을 기울였던 시간이 사실은 흙수저로 발버둥 쳤을 뿐임을, 뉴욕 땅을 밟고 느꼈던 보람이 사실은 누군가에겐 별것 아닌 잠깐의 휴식과도 같을지 모른다는 생각에 좌절감에 이어 자책까지 느껴졌다.

남들에게는 세상 관대한 사람이면서 자신에게는 늘 매몰찼던 나는 그렇게 또 한 번 자신을 질책하고, 더 노력하지 못했음을 채찍질하고 다그쳤다. 나의 미국 여행은 그렇게 우연히 만난 사람으로 인해 아무것도 아닌, 보잘것없는 여행으로 저물어가기 시작했다. 그가 나타나기 전까지는 눈물겹도록 감동적이었던 작고 사소한 순간들이 나와는 다른 삶을 살아가고 있는 한 사람으로 인해서 정말 작고 사소한 것으로 느껴지기 시작했고, 어떤 풍경을 보아도 '그의 입장에서 별것 아닐 거야.' 단정 지으며 자신을 무시하고, 슬퍼하곤 했다. 하지만 그 친구와 떨어져 혼자만의 여행을 다시 시작했을 때 문득 이런 생각이 들었다. '내가 왜 이런 생각을 하고 있지? 그 친구의 삶은 그 친구의 것이고, 내 삶은 내 것인데. 왜 그 친구의 기준으로 내가 살아가려고 하지?

그랬다. 사실 몇 번 경유했더라도 스물둘에 미국 여행을 홀로 떠났다는 것은 스스로 자부할만한, 대단한 일이었다. 어느 누구에게 물어보아도 스물둘에 홀로 미국 여행을 가기 위해 자금을 모으고 실행으로 옮겨 이룬 이들은 찾아보기 힘들었다. 나는 대부분의 사람이 생각지도 못하는 일을 스스로 해낸 사람에 속하는데도, 다른 사람의 잣대를 나에게 적용하여 자신을 인정해 주기보단 깎아내리는 데 집중한 것이다.

그로부터 여행지에서 돌아오기 전까지 나는 매일 한 번씩 나를 칭찬하기도 하고 나를 스스로 좋은 사람으로 칭하기도 하며 나 자신을 위한 여행을 하기 시작했다. 다른 누군가의 잣대가 아니라 나 자신의 잣대를 세우고, 자신이 결정한 대로 살아가기로 마음먹었다. 인생 역전의 순간이었다. 항상 뒤처졌다고 생각하며 매질했는데 스스로에 대한 기준이 높았던 덕분에 어쩌면 오히려 앞서 나가고 있는 자신의 모습을 보게 되었다. 실제로 값비싼 미국의 물가로 인해 미국 뉴욕에서는 3주 이상의 여행을 하기 꺼린다는 것을 알게 되었는데, 나는 3주 이상을 떳떳하게 내가 스스로 번 돈으로 여행을 이어나가고 있었던 것이다! 이번만큼은 자신을 충분히 추켜세우고 싶어졌다. 누가 뭐라 해도 내가 원했던 꿈을 내 힘으로 이루었다는 생각으로 내 삶이 채워졌다는 충만함이 느껴졌다.

왜 그간 나를 못 잡아먹어서 안달이었을까. 더욱 발전하기 위해 설정했던 목표들은 사실 나 자신을 만족시키기 위해서라기보단 남들을 따라가지 못하는 나를 인정하지 못했을 뿐임을 깨달았다.

여행에서 돌아오면서 제일 먼저 시작한 일은 나에 대한 헛소문이나 떠도는 말에 관대해지기로 했다. 여태껏 내 사람들을 험담했을 때에는 발끈해 놓고 나를 험담하는 사람들의 말에는 '저런 말을 듣지 않으려면 더 노력해야지' 하며 부정 한번 못 하고 나를 괴롭혔던 시간이 후회되고 미안했다. 내가 나에게 사과할 수 있다면 무릎이라도 꿇고 사과하고 싶은 심정이었다. 비로소 내가 내 인생의 주인이 된 것이다.

그날 이후 나는 삶의 기준이 타인이 된다면 나의 삶마저 타인의 것이 된다는 것을 깨달았고, 내 삶의 기준은 언제나 내가 세우겠다고 다짐했다.

〈나 자신을 사랑해야 하는 분명한 이유는 단지 나이기 때문〉

"너는 자존감이 높아 보여."

자존감. 나 자신을 사랑하는 마음. 내가 어떻게 했기에 저들의 눈에는 나 자신을 사랑하는 마음이 커 보인 걸까? 나는 생각지도 못했다. 아니, 나를 제대로 본 것이 아니라고 생각했다. 불과 몇 년 전까지만 해도 난 자신을 사랑하지 않던 사람이었기 때문이다. 거울 속에 비친 나의 모습조차 미워했던 때가 있었다. 이때는 지나가는 길에 있는 유리에 비친 내 모습을 보는 것도 얼마나 불쾌했던지 지금도 생생하게 기억난다. 처음에는 단순하게 누구든 한 번쯤 느껴볼 수 있었던 감정이었다.

여느 여자들의 고민과 비슷하게 체형을 만족하지 못했었다. 그러나 점차 나는 불만족도가 높아졌다. 한평생 나는 말라본 적이 없다. 평범하기 그지없거나 통통하거나 그래서 모태 마름 사람들을 동경하는 눈으로 자랐다. 그래도 주변에서는 나를 늘 따뜻한 말로 감싸주었다. "야, 얼굴이 예쁘면 됐지." 우스갯소리로 매번 넘어갔지만, 그 당시에 내가 버틸 수 있는 위안이 되었던 건 사실이다. 그렇다고 뛰어나게 출중한 외모를 가진 것도 아니었다. 그런데 시간이 가면서 한국의 의료시술 실력이 기막히게 향상돼갔다. 아니나 다를까 의느님의 손길로 예쁜 사람들은 날로 늘어갔고 우리가 생각하는 외모의 평균치는 점점 높아졌다.

이번에는 나의 얼굴을 탓하기 시작했다. 태생에 가지고 태어나 축복이라 불리던 쌍꺼풀은 이제 나에게는 그냥 짝짝이 쌍꺼풀로 하락하였다. 작고 조그마한 코는 귀염 상 얼굴의 마스코트가 아니라 세련된 얼굴을 만들어 주지 못하는 콤플렉스가 되었다. 하도 도톰한 하트 모양의 입술을 가진 사람들이 많아져 입술까지 마음에 들지 않는다. 동그란 얼굴도, 통통한 손발도, 심지어 얇은 모발도 하나부터 열까지 마음에 드는 구석이 없었다. 그렇다고 시술이나 수술을 하자니 부작용에 대한 겁이 원체 많은 편이라 섣불리 하지도 못하겠고, 큰맘 먹고 병원 앞에 가도 한두 푼이 아닌 돈이 아까워서 발길을 돌린 적도 있다. 여기까지는 단순한 외형의 문제이다.

다음으로 친구들과 비교되는 스펙이나 위치에 대한 불만도 생겨났다. 무조건 합격할 수 있을 거라 호언장담한 회사는 토익, 토플, 토익 스피킹, 각종 자격증, 그 외에 학교나 학교 성적까지 고 스펙을 지원조건에 버젓이 기재해 두었다. 못 먹는 감 찔러나 봐야 하는데 야박한 현실은 찔러도 보지 못하게 만들었다. 그래도 말 잘하는 거 하나만큼은 자신 있었는데 이조차도 벌써 오프라인 시장의 쇠퇴를 눈치챈 듯 빠르게 온라인 세상을 개척해 나간 사람들이 있었다. 바로 유튜버, 아프리카TV 방송인들이었다. 그렇게 카메라에 비친 나를 어색해하며 억지로 적응하지 않으려는 동안 다른 사람들은 이미 저만치 앞서나가 있었다. 그래서 본의 아니게 뒤처지고 있는 나에게 이때부터 '현자 타임'이 왔고 동굴 속으로 들어가 버렸다. 자기애가 전혀 없는 자존감 무의 끝판왕이 되는 시간이었다.

그런 내가 이제는 자존감이 높아 보인다는 소리를 들으니 우스울 수밖에 없었다. 사실은 내가 바라던 대로 된 것이다. 그래도 이토록 빠르게 이겨낼지는 나조차도 전혀 몰랐기에 믿기 어려웠던 것이 현실이다. 내가 동굴에서 나올 수 있었던 것은 나의 마음가짐의 변화였다. 동굴로 내가 들어가게 된 것도 홀로 생각하고 판단한 결과였던 것처럼 밖으로 나오는 것도 이렇다 할 마땅한 해결책이 있는 것이 아니었다. 단지 내 마음가짐만이 답이었을 무렵이다.

동굴 속에 있는 동안 그간 너무나도 외형이나 스펙을 이유 삼아 나를 사랑하려 했던 것이 아니었나, 깨닫고 잘못을 인지하게 되었다. 짝짝이 쌍꺼풀눈, 작은 코, 보통 입술의 나도 나이고 매우 만족스럽지는 않지만, 현재의 회사에서 충실하게 밥벌이를 하는 것도 나였으며 온라인 세상에 입성하지 못했지만, 말을 조리 있게 잘해서 모임에서 만담꾼으로 빠지지 않는 나도 나였는데 나는 왜 자신 그대로를 사랑하지 못했을까. 나 자신을 사랑해야 하는 이유를 찾고 있던 내가 바로 어리석은 마음과 생각을 가지고 있는 사람이었다. 혹시나 나처럼 자기 자신을 사랑해야 하는 이유가 없어서 사랑하지 못하고 있다면 꼭 말해주고 싶다. 나 자신을 사랑해야 하는 분명한 이유는 단지 나이기 때문이라고. 나조차도 나를 사랑하지 못하면서 타인이 나를 사랑하기를 원하는 것은 앞뒤가 맞지 않는다. 이제부터는 나이기 때문에 나를 사랑해 보자. 그렇게 마음가짐을 새로이 잡은 후에 그토록 나를 미워하던 나는 이제 없다. 단지 나에게 넘치는 사랑을 받고 있는 나만이 내 눈앞에 있을 뿐.

이유 없이 사랑받을 수 있는 사람은 먼저 자기 자신을 사랑한다.

자신을 향하는 사랑이 타인을 향했을 때 비로소 누군가를 진정으로 사랑할 수 있기 때문이다. 그들은 자신을 사랑하는 마음으로 아무 이유 없이 받아들이고, 포용하고, 다독이고, 함께 한다. 누군가의 곁에서 진정 그들의 사람이고 싶다면 먼저 내가 나의 사람이어야 한다는 사실을 잊지 말자. 당신은 아무런 이유 없이 사랑받아야 한다. 이유 없이 사랑받는 사람들에겐 어쩌면 너무나도 명확하고 분명한 이유가 있기 때문이 아닐까.

"세상 어디에도 존재하지 않는 '나' 만의 브랜드 탐나지 않는가?"

〈이제는 당신이 볼 수 있는 것, 붉은 실〉

우리는 태어날 때부터 가족과 끊을 수 없는 '이것' 으로 엮였으며 한 살 한 살 먹으면서 친구나 연인, 동료와 만나게 되는데 이들과도 보이지 않는 '이것' 으로 엮였기에 인연을 맺게 되는 것이다. 이어졌 다가 끊어지기도, 굵어지기도 가늘어지기도 하는 '이것' 을 보이지 않는 '붉은 실' 이라 말한다. 옛날 사람들이 사람과의 관계를 재미나 게 표현하던 말이다. 이어져 내려오던 붉은 실을 또 다른 말로 '인 연' 이라 한다.

사람 관계에 마냥 서툴기만 하던 우리는 이제 사람들 사이 저마다 존재하는 붉은 실이 보이기 시작했다. 그리고 실의 길이를 보며 당신은 가늠할 것이다. 인연이 된 지가 얼마 되지 않았는지, 오랜 시간 동안 인연을 맺은 사이인지. 나아가 길고 짧음을 넘어서 두꺼운지 얇은지의 굵기까지 보며, 실이 얇은 사람들은 현재 관계를 만들어가는 중일 것이며 두꺼운 실로 이어진 사람들은 두터운 관계를 유지하고 있다는 것 또한 짐작하게 될 것이다.

이왕 붉은 실로 사람들과 이어졌다면 당신의 붉은 실은 어떠하길 원하는가? 아무래도 길고 두껍기를 원할 것이다. 그러기 위해서 손 놓고 간절히 원하기만 하면 될까? 지금까지 당신의 실이 자연스레 길고 두꺼워지기만을 원했다면 이제는 실을 다루는 스킬이 필요하다는 것을 충분히 느끼지 않나. 적당한 타이밍을 보며 풀어야 할 때 풀고 당겨야 할 때 당겨야 한다. 실을 어떻게 풀고 당길지는 당신에게 달렸다. 당신이 가까워지고 싶은 사람과의 실은 한없이 잡아당기고 반대의 사람에게는 힘을 빼고 느슨하게 풀어라. 이렇게 당기고 풀고의 행위를 반복하며 당신과 그들 사이의 인연의 형태가 비로소 형성된다.

지금, 당신과 맺어져 있는 붉은 실을 확인해 보자. 일방적으로 당기기만 혹은 풀고만 있지는 않은지, 실이 길어진다 싶으면 잘라내는 습관이 있지는 않은지, 얇은 실 가닥만 죄다 잡고 있지는 않은지. 어떤가. 이제 세상이 달리 보이지 않는가.

〈나만의 '브랜드' 탄생, 준비되었나?〉

책을 마무리하기 위해 오늘도 어김없이 시내 카페에서 아이스 아메리카노 한 잔을 올린 채 테이블에 앉았다. 주위를 찬찬히 둘러보니 참 많은 사람이 보인다. 한 공간에서도 이렇게나 다양성이 존재하는데 하물며 카페 문을 나가면 보이는 길거리나 공원 아니면 또 다른 카페에는 얼마나 다양한 사람이 보일까.

사랑하는 연인과 팔짱을 끼고 아이스크림 가게로 들어가는 이들, 온몸에 명품을 휘감고 마치 런웨이를 걷고 있는 모델 흉내를 내는 그녀, 유행의 선두주자처럼 어젯밤 티브이 속에 보던 박서준의 헤어스타일에 비슷한 옷을 입고 있는 남자. 잠시만 휙 돌아봐도 똑같은 사람은 정말이지 단 한 명도 없다. 그렇다면 과연 우리는 저들과 아무런 연관 없이 살아갈까?

지금까지 그랬듯 앞으로의 우리도 어떤 사람과 인연을 맺게 될지 모른다. 확실한 것은 그 누구도 같은 사람이 아니며 제각기 다른 성향과 성격, 취향을 지닌 사람이란 것이다. 제 입맛에 맞는 사람만 만날 수 없으며, 관계를 원하지 않는 사람이나 나와 정말 다른 사람과도 만날 수 있다. 내가 생각지도 못한 사람을 만나고 관계를 맺는 것, 안 그래도 복잡한 세상 속을 이들과 함께 하는 것, 어쩌면 거부하고 싶지만 맞이할 수밖에 없는 것이 지금 우리가 살아가는 세상이다. 피할 수 없으면 즐기라 했다. 차라리 세상을 주도한다면 즐겁지 않을까. 사람과의 관계도 똑같다. 어쩔 수 없는 관계라면 내가 주도해서 즐길 수 있는 현명한 관계를 만들어 보자.

다양한 사람과의 관계를 주도하기 위해서는 '나'를 아는 것이 가장 중요하다. 이제 책을 읽은 당신은 내가 어떤 사람인지를 먼저 파악하기 위한 과정을 겪을 것이다. 나의 이름을 들었을 때, 나의 얼굴을 마주하였을 때 상대방에게 가장 먼저 떠오르는 이미지를 만들어 나가자. 우연히 만나는 사람들 속에서도 눈에 띄는 사람이 되는 것. 한 번쯤은 꿈꿨을 것이다.

예를 들어 명품관을 스쳐 지나갔을 뿐인데 쇼윈도에 진열되어 있는 가방이나 옷, 신발은 신기할 정도로 생생하게 기억난다. 그러면서 머릿속으로 그 브랜드의 이미지를 형상화시켜 우리 집 옷장에 걸려있는 아이템들과 괜히 매치해 본다. 유심히 본 것도 아닌데 어떻게 가능할까. 브랜드가 탄생할 때부터 추구하는 이미지를 우리가 알고 있기에 가능한 일이다.

이 책을 통해서 결과적으로 끌어내야 하는 우리의 목표가 바로 이러한 자신의 이미지를 만들어 브랜딩 하기이다. 당신을 스쳐보았지만 당신의 이미지가 벌써 사람들의 머릿속에 남는 것. 샤넬, 루이비통, GUCCI 이름만 들어도 고유의 색이나 로고, 시그니처 디자인이 떠오르기까지 하루아침에 이루어진 것이 아니다. 하물며 평범한 사람인 우리가 스스로를 브랜드화하려면 얼마나 시간이 걸릴까. 그렇지만 다시 생각해 보면 전 세계적으로 각인시켜야 하는 브랜드가 아닌 지금 내 옆 사람 한 명 두 명 세 명… 열 명 그리고 오십 명의 사람들에게 브랜드화되는 것은 비교적 어렵지 않을 것이다. 브랜딩이 끝난 사람들은 사람들에게 사랑받는 사람으로 거듭난다. 아이러니하다. 본인의 가치를 올렸을 뿐인데 사람들에게 어떨 땐 선망의 대상이 되며 나아가 사랑을 받는다.

그렇다면 충분히 시간과 노력을 투자해 볼 만하다 생각된다. 지금부터 당신만의 말투, 센스, 심리, 마인드, 경청의 자세 5가지의 요소를 다듬어 보자.

세상 어디에도 존재하지 않는 '나' 만의 브랜드 탐나지 않는가? 이제 이 책을 덮고 종이와 펜을 꺼내 들자. 그리고 천천히 적어 보자.
내가 앞으로 추구하고 나아갈 나의 이미지, 나의 브랜드를.

이 책이
당신의 수많은 관계 속에서
좋은 징검다리로
남기를 바란다.